永恒的经典

感人肺腑的 **80** 篇

情感故事

刘晓树◎编著

天津出版传媒集团

天津科学技术出版社

图书在版编目（CIP）数据

感人肺腑的 80 篇情感故事 / 刘晓树编著 . -- 天津：天津科学技术出版社，2008.12（2024.5 重印）

（永恒的经典）

ISBN 978-7-5308-4959-0

Ⅰ.①感… Ⅱ.①刘… Ⅲ.①故事 – 作品集 – 世界 Ⅳ.①I14

中国版本图书馆 CIP 数据核字（2008）第 212640 号

感人肺腑的 80 篇情感故事
GANRENFEIFU DE 80PIAN QINGGAN GUSHI

责任编辑：王　璐

责任印制：刘　彤

出　版：	天津出版传媒集团
	天津科学技术出版社

地　　址：天津市西康路 35 号

邮　　编：300051

电　　话：（022）23332399

网　　址：www.tjkjcbs.com.cn

发　　行：新华书店经销

印　　刷：三河市同力彩印有限公司

开本 710×1000　1/16　印张 12　字数 200 000

2024 年 5 月第 1 版第 5 次印刷

定价：49.00 元

前言
Preface

  一篇经典的情感故事，应该是很能感染人的。让人看了它，就会想起相似的情景，就会不由自主地回忆自己的美好或者痛苦的经历，就会产生与作者的共鸣，就会感慨万千，或感动、或思索、或快乐、或悲伤、或怀念。这是因为，经典文章，它感染了别人，它使人想起来曾经的那些事那些人。

  一篇经典的情感故事，应该是很能征服人的。它体现着作者清晰的思路和美妙的文笔。你会不由自主地进入一种奇妙的境界，你会觉得文章的内容是你的，那情感是你所熟悉的，那思考也是你曾经思考过的。

  一篇经典的情感故事，应该是能改变人的。作者应有思想深度，看得远想得深。并且每一字每一词间透着强劲的说服力。经典文章能带给别人震撼，会让本来有不同观点不同看法的人，静下来想想自己是不是错了，会让别人怀疑甚至否定自己心里很久的想法与观点。

  爱可能是一句话语，一个眼神，一个动作，又或者是一方手帕，但在被爱的人眼中，这便是整个世界。不要让真爱在等待中慢慢消逝，不要让真爱轻易地从身边悄然溜走，也不要让爱自己的人永远等待。爱，是珍惜。

  在生命的轨迹中，我们有许多铭记的事情。在成长的岁月里，我们有过理想和追求，有过快乐和感动，有过忧伤和痛苦……就让我们在书中找到自己的影子吧。

  本书编者从大量的情感故事中精选出了80篇凄美绝伦的感人情感小故事，每一篇都有着非常深的寓意，让你感受人世的情，人世的暖，人世的美……相信能够给读者带来不寻常的感受和对情感新的领悟。

编 者

目 录
Contents

一个隐瞒了四十年的谎言	6
十年以后	8
一只猫和蝴蝶的爱情	9
惜取眼前人	13
纸巾上的爱	18
给爱一个台阶	20
一支口红使婚姻走到尽头	23
请摸一百下	26
两粒沙的爱情	28
浴室窗外的身影	32
冷却的咖啡	33
女人是用来疼的	38
时间与爱的故事	40
为爱情倒退99步	41
地铁里老鼠的爱情	44
无缘的爱	48
飞鸟和鱼的痴恋	50
两只小猪的爱情	51
你查字典了吗	54

目 录
Contents

一份爱的蛋炒饭	57
爱情的出口	62
一千年的等待	65
那一晚，他输掉了整个世界	69
有一种思念不是爱情	72
有一种幸福叫等待	74
情人再见，是永远的不见	81
水和鱼的故事	83
前世欠你一滴泪水	88
银 戒 指	94
鱼和刺猬的爱情	96
两个傻子的爱情故事	98
蜘蛛和佛的故事	101
一辈子一个承诺	105
落基山的雪	109
套在心上的戒指是爱情回家的借口	111
灰色的玫瑰花	114
爱情的底片	119
最后挂电话的那头	122

目 录
Contents

八块压缩饼干	124
白糖水的爱	127
向爱伸一伸手	130
情人节的玫瑰心事	132
爱情的飞蛾	135
阳光下的百合	138
土土的爱情	143
爱你，才走在你左边	149
雨中的纸鹤	150
不敢相信爱情的人	152
蓝月亮	155
爱，不能等待	157
走错的爱情棋子不能悔	159
最恰当的时候	161
双面英雄	163
心爱永恒	165
流泪的肖像画	167
不系扣的爱	169
执子之手	171

目 录
Contents

蚊子与浪漫的较量 ... 173
爱的最高境界 ... 176
这就是爱情 ... 177
让我送你上楼 ... 180
不哭，因为更懂你 ... 182

感人肺腑的 80 篇情感故事　Ganrenfeifu de 80 pian qinggan gushi

卷首语：一篇教会你爱的文章

单身，有时不一定是贵族，

单身也许会比较自由，

但自由也有一个同义词，叫作寂寞。

因为人不是什么时候都喜欢一个人独处的；

有时好东西需要跟人分享，

有时候难过需要人安慰。

单身贵族产生的原因，是因为

经济上的独立、人格上的独立以及感情上的独立。

独立是什么？

独立是需要而不依赖，

一个独立的人需要异性，而不依赖异性。

做情人之前，她应该先是朋友。

她成为你的朋友之后，出现在你的生活里，

才有可能认识你、了解你、知道你的长处，

而对你产生好感，进一步发展感情，

变成情人、对象。

世界上的颜色并非只有白色和黑色，

黑与白之间还有很漫长的灰色地带。

只要多相处，便能发现对方的优点，产生好感，

这才是发展感情的自然过程。

"一见钟情"以及"从一而终"的感情是不切实际的，

我们需要的不是这种不切实际而虚幻的感情。

有人形容交往异性，

就好像在海边捡石头，大家都会拣喜欢的那一颗。

一旦捡到一颗你最喜欢的石头，便把它带回家去，

好好对待它，因为那是你唯一的石头。

而且要记住，从此后不要再到海边去。

永远相信，

我已经找到最大、最美、最适合我的那一颗。

交往异性最重要的不是他有多好，

而是他对你有多好。

一个人如果条件很好，有一百分，

可是这一百分之中，他只给你三四十分，或一二十分；

相反的，另一个人也许只有七八十分，

可是他却是全心全意地对待你，

那你应该选择哪一个？

其实，每一个人的条件都是一样的，

不管你有多好，都还有人比你更好。

你虽然做不到一个"最好的人"，

可是你却做得到一个"对对方最好的人"。

每一个男孩子都可以说：

"虽然我不是世界上最好的男人，但我是世界上对你最好的男人。"

反过来女孩子也是一样，这是每一个人都做得到的。

感情最重要的是在于他对你的好，

而不是他自己有多好。

但是如果有一个人本身已经很好了，

对你又是真心真意，真心爱你，

那么你真的可以把一生托付给他。

现在女性考虑婚姻的唯一条件，

应该就是你爱不爱他，他爱不爱你，

是不是真心真意对你，

跟他在一起会不会有压力，会不会快乐，

而非他有什么！

人间的真爱是很难得的。

在人的一生中，

很难找到一个，

你真正爱，真正可以跟他过一辈子的人。

如果你怯于表达，

或害怕会有什么事，

错失一辈子可能只有一次的真爱，

那就太可惜了，

所以一定要采取主动，把心里的话说出来。

如果一个男孩子，

因为女孩子对他采取主动而看不起她，

那么这个男孩子是愚蠢的！

更何况，幸福比面子重要，

如果牺牲一时的面子可以换得一生的幸福，

不要隐藏自己的真心。

千万别说缘分未到，其实缘分到处都有，

但却是稍纵即逝，如果"缘"不及时把握，

那就没有"分"了。

大多数的女性对感情是偏重于精神，

男性则偏于物质。

男孩子除了对女孩子殷勤体贴外，

也要学会对女孩子负责任，

要将对天下所有女孩子的殷勤体贴，

全部用来对一个女孩子。

另外，

刚毅木讷并不能讨女孩欢心，

所以要学习对女孩子赞美，多说好话。

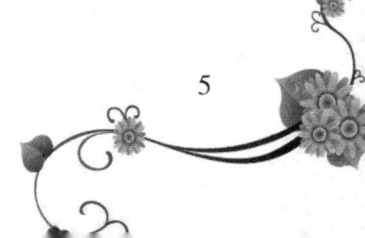

一个隐瞒了四十年的谎言

他和她是在一个宴会上认识的,那个时候的她年轻美丽,身边有很多的追求者,而他却是一个很普通的人。因此,当宴会结束,他邀请她一块去喝咖啡的时候,她很吃惊,然而,出于礼貌,她还是答应了。

坐在咖啡馆里,两个人之间的气氛很是尴尬,没有什么话题,她只想尽快结束,好回去。但是当服务员把咖啡端上来的时候,他却突然说:"麻烦你拿点盐过来,我喝咖啡习惯放点盐。"当时,她都愣了,服务员也愣了,大家的目光都集中到了他身上,以至于他的脸都红了。

服务员把盐拿过来了,他放了点进去,慢慢地喝着。她是个好奇心很重的女子,于是很奇怪地问他:"你为什么要加盐呢?"他沉默了一会儿,很慢的,几乎是一字一顿地说:"小时候,我家住在海边,我老是在海里泡着,海浪打过来,海水涌进嘴里,又苦又咸。现在,很久没回家了,咖啡里加盐,就算是想家的一种表现吧,可以把距离拉近一点。"

她突然被打动了,因为,这是她第一次听到男人在她面前说想家。她认为,想家的男人必定是顾家的男人,而顾家的男人必定是爱家的男人。她忽然有一种倾诉的欲望,跟他说起了她远在千里之外的故乡,冷冰冰的气氛渐渐地变得融洽起来,两个人聊了很久,

并且，她没有拒绝他送她回家。

再以后，两个人频繁地约会。她发现他实际上是一个很好的男人，大度、细心、体贴，符合她所欣赏的所有的优秀男人应该具有的特性。她暗自庆幸：幸亏当时的礼貌，才没有让她和他擦肩而过。她带他去遍了城里的每家咖啡馆，每次都是她说："请拿些盐来好吗？我的朋友喜欢咖啡里加盐。"再后来，就像童话书里所写的一样，"王子和公主结婚了，从此过着幸福的生活"。他们确实过得很幸福，而且一过就是四十多年，直到他前不久得病去世。

故事似乎要结束了，如果没有那封信的话。

那封信是他临终前写的，是写给她的。

原谅我一直都欺骗了你，还记得第一次请你喝咖啡吗？当时气氛差极了，我很难受，也很紧张，不知怎么想的，竟然对服务员说拿些盐来，其实我喝咖啡是不加盐的，当时既然说出来了，只好将错就错了。没想到竟然引起了你的好奇心，这一下，让我喝了半辈子加盐的咖啡。有好多次，我都忍不住想告诉你，可我怕你会生气，更怕你会因此离开我。

现在我终于不怕了，因为我就要死了，死人总是很容易被原谅的，对不对？今生得到你是我最大的幸福，如果有来生，我还希望能娶到你，只是，我可不想再喝加盐的咖啡了。咖啡里加盐，你不知道，那味道，有多难喝。咖啡里加盐，我自己都奇怪当时是怎么想出来的！

信的内容让她吃惊，同时有一种被骗的感觉。然而，她想告诉他："她是多么的高兴，因为有人为了她，能够做出这样的一生一世

的欺骗……"

十年以后

恋爱的时候，男孩陪女孩去逛街。街上人很多，女孩敏感地问男孩："街上人这么多，如果我们走散了，怎么办？"

女孩猜想，他肯定会说："我会去把你找回来！"女孩又想，如果他真这么说，我是不是要说："好，如果我们走散了，我就在原地点等你来，直到你找到我！"

但是男孩一脸坚定地说："不会！"

女孩有些失望，她再次强调道："如果，我是说如果……"

女孩的话还没说完，男孩便打断了她的话："不会的，因为我会一直牵着你的手，不让你离开，不会让你迷失在拥挤的人群里！"

说完，男孩紧紧地牵住了女孩的手。女孩愣了一下，然后低头看着自己的小手被他紧紧地牵着，心里装满了幸福。

那年，男孩十九岁，女孩十七岁。

十年后，男孩变成男人，成了IT界赫赫有名的精英；女孩变成女人，在男孩的再三劝说下，辞了工作，在家当起了全职太太，每天为他做可口的饭菜。

一次，男人出差在外。在男人离开的第二天，这个城市发生了地震，女人的双腿不幸被一建筑物砸中，住进了医院。女人躺在洁白的病床上庆幸地想，幸亏男人出差了，不然男人也得受"皮肉之

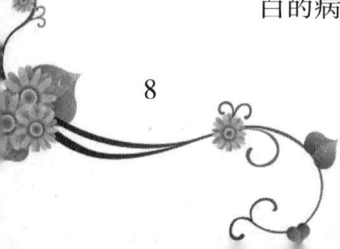

苦"了。想到这里，女人给男人发信息，先是提醒他晚上注意休息，少熬夜。天凉了，记着多加衣。然后告诉男人，这里发生地震了，后面用冒号和后括号打成一个笑脸的模样。

女人害怕男人因为担心自己而影响工作，便没有告诉男人自己受伤住院的消息，但心里忍不住想，他等下会不会很担心地问："宝贝，受伤了没有？有没有砸着……"

不容女人多想，手机铃声骤然响起。男人似乎有些紧张，声音有些颤抖。女人心中暗喜，然而，电话那头，男人却问："那……那咱们家保险箱里的钱你带出来了吗？"

女人笑着说："那些是你的宝贝，说啥也不能丢啊。"然后挂了电话。

一个星期后，男人回到家。见女人不在家，男人拿出手机打电话给女人，然后听到电话那端传来"对不起，您拨打的电话已停机"的声音。男人忽然意识到什么，赶紧打开女人的衣柜，里面的衣服已经都没有了。男人转身打开保险箱，发现那花花绿绿的钞票上面有一份离婚协议书，还有一张白色的小纸条。男人连忙拿出那张小纸条，上面写着：我已迷失在拥挤的人群里，分不清方向……

一只猫和蝴蝶的爱情

一只高傲的猫走过美丽的花丛，鲜花们向猫展示着美丽，然而他没有爱上任何一朵鲜花，却爱上了一只紫色的蝴蝶。

猫却对着蝴蝶说："我爱你！"

蝴蝶用她紫色的微笑说："我爱的是强者，你知道山林中的老虎吗？他才是真正的强者。"

猫走了，他去了山里，他要证明自己是强者。猫找到了老虎，他义无反顾地和老虎搏斗。在老虎看来，他是那么的渺小，以至于老虎轻轻一抓就结束了这场力量悬殊的战斗。但猫在死前用尽最后的力气咬掉了老虎的鼻子。这样，老虎输了，猫也死了。

猫见到了上帝，上帝告诉猫："你有9条命，现在只剩下8条了。"

猫回来见蝴蝶。

蝴蝶问猫："你是真心地爱我吗？"

猫点了点头。

蝴蝶说："我从没有见过喜马拉雅山上的冰花，你能给我摘来一枝吗？"

猫走了，他去了遥远的喜马拉雅山。那个地方很冷，终年积雪，由于他的皮毛太薄，还没等采到冰花就冻死在了途中。

上帝告诉猫："你只剩下7条命了。"猫知道自己的皮毛太薄不能采到冰花，于是他求上帝帮他。上帝说："你可以用一条命去换一朵冰花。"

猫爽快地答应了。于是他得到了冰花，却又失去了一条命。

猫带回了冰花，蝴蝶很高兴。蝴蝶说："我喜欢海底的紫色珊瑚，你能给我吗？"

猫于是来到大海边，毫不犹豫地跳了进去，但他不会游泳，很快便溺死了。猫又见到了上帝，他求上帝给他一支紫色的珊瑚，他愿意用一条命来换。于是他得到了紫色珊瑚。

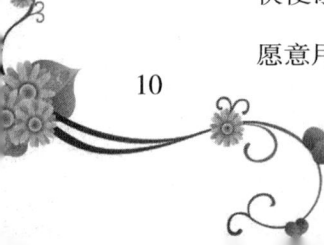

现在猫只剩下 4 条命了。他带着紫色珊瑚回来见蝴蝶,蝴蝶很开心,但她说:"你真是一只很优秀的猫,如果你能让天空划过一颗彗星,我就会爱上你。"

猫很无奈,他怎么也想不出如何让天空划过一颗彗星。这时他想到了上帝,但他知道只有死了才能见到上帝。于是猫毫不犹豫地用爪子刺破了自己的心脏。

猫见到了上帝,他说:"万能的上帝,您能给我一颗彗星吗?我愿给您我的一切。"

上帝说:"你只剩下 3 条命了,如果你全部给我的话,我就让天空划过一颗彗星。"猫说:"我愿意,但我希望您能让我回一次人间。"上帝想了想,答应了。

猫回去了,他带着蝴蝶来到一个大平原上。

夜里,一颗明亮的彗星出现在天空,绚丽无比。蝴蝶看到了美丽的彗星,她觉得猫很伟大,她爱上了猫。

猫现在连一条命也没有,他知道他的生命会随着彗星消失。但

他爱蝴蝶，而且现在蝴蝶也爱他。而猫已经失去了和蝴蝶相爱的能力了。

猫对蝴蝶说："其实我不爱你。"蝴蝶哭了，她恨猫戏弄了她的感情。猫走了，他要趁彗星还没消失赶快离开。

彗星终于消失在天边，猫也消失在视线之中。

猫见到上帝了，上帝说："你已经连一条命也没了，为了爱情，值得吗？"猫犹豫了好一会儿。他觉得即使再做一次选择，他仍然会这么做，只是他很不甘心，但已无能为力。

上帝告诉猫说他可以去天堂，当一只安琪儿。但猫却选择去炼狱，他说："我去炼狱一千年，能再给我一条命吗？"上帝说："没有这个先例，所以不行。"猫恳求道："那只给我半条命吧。"上帝答应了。

猫在炼狱中战斗着，黑暗、孤寂、恐惧与无休止的争斗每天都像一把把尖刀刺向猫的心脏。猫成了炼狱中的阿修罗，连上帝都觉得猫已经成为冷酷战神。

一千年过去了，猫终于从炼狱中出来，阿修罗又变成了安琪儿。

猫拖着半条命回到人间。他找到了蝴蝶，猫说："我很爱你。"蝴蝶却不相信猫，她还恨着猫。蝴蝶说："除非你死在我面前，不然我不会相信的。"

猫笑了，笑得很悲伤。因为他只有半条命。猫掏出了心脏，他让自己的泪滴在心脏上。

蝴蝶现在终于知道了猫没有骗她。

蝴蝶说："猫有9条命，你还会再回来的，尽管那时你只有8条命，但我们却能好好地相爱。"

猫说："我回不来了，我连半条命都失去了。"

阿修罗失去了斗志，安琪儿没有了爱之箭。阿修罗终于被炼狱的洪水吞没，安琪儿也迷失在云雾之中。

猫在天堂对着蝴蝶说："上帝给了我9条半的命，但我的爱却需要10条命，我没有另外半条。如果炼狱中的一万年，能给我另外半条命，我会再做阿修罗。"

蝴蝶流着紫色的眼泪说："虽然那时我们的爱剩下半条命，却是一万年。"

爱一个人不要要求他做太多来证明他有多爱你，因为那样你会渐渐失去一些珍贵的东西，珍惜你的爱吧！

惜取眼前人

有一年，他们在一座城市相遇了。

他们都是穷孩子出身。他来上大学时，口袋里只有一百块钱，而她则穿着母亲手缝的内衣。那时他们都在想，一定要在这座城市站住脚。

那年，她20，他21。

没有浪漫的花前月下，但两个人的爱情一点也不受影响。他们坐在湖边，一边读书一边谈情，他随手采下身边的一棵草，给她编了一个戒指，然后小心翼翼地套在她的手上，她笑着说，真好看！

那个戒指，她趁他不备夹在了书里，后来，一直偷偷地戴。他说，将来有了钱，就给她买金的买钻石的。这时候的话，她信。

大四那年，他们忍不住偷食了禁果，不幸的是她怀孕了。

那时学校里校风很严，学校里终于知道了这件事情，她一个人承担了下来，没有说出他的名字。虽然所有的同学和老师都知道是他，可是她说，不，不是他的，与他没有关系。两个人的前程，不能全都耽搁了，她要让他知道，她有多爱他，甚至可以为他放弃自己的一切。

他跪在她面前说："你放心，我们说过相爱一辈子的，毕业后我找好工作就接你回来，你先回家等我，好吗？"

她无法在这座城市再待下去，回了老家。他也守信用，每天一个电话，两个月回来一次。毕业时，他如愿留在这座城市，而且进了机关。他是农村孩子，在这里没根没叶，有同事就介绍女孩子给他，是当地的女孩子，父母是高干，有车有房不算，还能对他的前途有极大帮助。

那时，他有些动摇了。

是啊，她在乡村，只是一个没有毕业的女孩子，还快生孩子了，将来还能有什么前途？那一刻，在情感的天平上，他做了倾斜，但是，他还是良心发现，觉得这样做不妥。

孩子出生的时候，她打来电话说，此时，多想你在身边。

他赶回去的时候是两个月后了，看到敞着怀给孩子喂奶的她，披头散发，大襟上沾着饭粒子，面色很黄。怀里的孩子叫着，他灰败得很，想着城市里那个追求自己的美丽女子，她们简直是天壤之别。

她看出他的慌张，也看出了他的迟疑。她说，如果你不方便，我不会拖累你的，真的，我可以再嫁别人，我也知道，今天和昨天的你，不可同日而语了。

　　此时的他,非常羞愧的,是那种难以和人诉说的惭愧,可他想不要她也是真的。于是,他掏出一张银行卡,上面有两万块钱,他想,这对她而言,应该是很大的一笔数字了吧。他撒了谎,不说不爱,只说,"我要出国,不知何时才能回来,你不要等我了吧"。

　　他并没有出国,而是和那个高干子女谈起了恋爱,去吃马克西姆餐厅的西餐,学着穿西服打领带,去弹着钢琴的五星级宾馆里喝咖啡,也用英语说亲爱的,总之,他要把旧的那套全部抛弃掉,他要开始新的爱情,过新的生活。

　　怕她打扰,他换了手机号,和所有同学朋友说他要出国了,正在办手续。

　　而她干脆给了他更干脆的消息,她说,"我嫁人了,不要担心我,你我尘缘已尽"。

　　他这才放下了一颗心,从此张扬着自己的现代时尚爱情,把自己融入城市人的圈子中。但有时他也慌张,那是在梦里,他遇到她,她的眼泪汪汪,一遍遍地问:你不是说要和我好一辈子吗?

　　醒来一身冷汗,还好,她结了婚,没给自己找麻烦。看来,钱能摆平一切的。

　　不久,他也结婚了,婚后三年,果然也出了国。他渐渐忘却她,因为他现在的太太厉害不算,还是一副小姐脾气,假如知道他还有一个儿子,断然是轻饶不了他的,所以,他口风很紧,瞒得厉害。

　　几年之后,他太太和一个荷兰人好上了,和他提出了离婚。他领着小女儿独自在国外生活,还好,生意做得不错。不久,便做了一个国际大公司的副总。在梦里,他常常想起她来,她过得还好吗?

　　他知道已经没有想她的资格了,是他放弃她的,是他不要她的,可现在,他没有去想同床共枕多年的妻子,想的却是她。

15

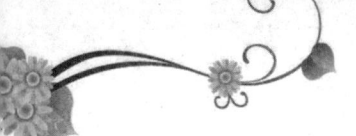

她是一朵朴素的小小兰花，那样淡定，从来不张扬，没有要过他半件东西。他甚至连一粒扣子也没有买给过她。

又过了几年，他回国，辗转了好几个人打听她，四处打听她，可一直没有她的消息。

于是，他一个人回到她待的家乡，去找她。在那里，他终于见到了她。

她在一个乡镇企业做会计，还是那样清秀清瘦的，穿着碎花的裙子，35岁的女人，看起来不年轻了，脸上也有了沧海桑田。

他以为她会哭，会惊讶，她却只是云淡风轻地问：回来了？仿佛他昨天才刚刚出门，仿佛他从不曾离开。

两个人静静坐下，他随意翻她的书，她仍然是这么喜欢看书，却翻到了那枚戒指，瞬间，他仿佛被击中一般，这么多年，她还留着这枚草戒指？

"你……？"他说。

她静静地笑着说："这是我收到的第一枚戒指，所以，我要珍惜。"

"那么，你不怕你的丈夫说你？"他注意到，她手指光光的，根本没有戒指。她头也没抬，声音平静地说，"我一直没有结婚。"

他惊住了，她说："当年，是为了让你死心，让你安心，我想，爱一个人，就给他最大的自由吧！而你和我说过一辈子，那么，让我守着自己的爱情，一辈子吧！"

他"扑通"一声跪倒在地：亲爱的，原谅我吧！

她扶起了他，说"走，带你去看儿子吧"。

他们的儿子已经上高一了，远远地看到时，他的眼泪再也没有忍住，高大英俊挺拔的儿子，一如他的当年。他想跑过去，她却拦

住了他，不要吧，孩子以为他爸爸在美国，而且，已经离开人世，我一直告诉他，爸爸有多么爱他，多么疼他。

他轻轻扶住她的肩问："我，是不是还有机会？"

她安静地笑着，我已经不爱你了，你知道的，没有爱情会在原地等待你，可我也不能爱别人，我愿意和儿子这样过，一直到老。

那一刻他才知道什么是"此情可待成追忆"，只是当时已惘然。

她还是把他当成了朋友，带他转来转去，看小城风景，做手工水饺给他吃，但一切已经落幕，与爱情无关了。可她心中还是有他，虽然那只是尘世间的一个影子。她曾经爱过的，要过的，许诺过的，到这时她才知道，爱情，有时就是一个人的事情。

他走的时候，她给了一样东西。是当年他给她的那张银行卡，她说，有些东西，不是钱能买来的，比如，爱情。

上飞机的时候，他说，"原谅我"。而她轻轻地拥抱了他一下，然后说："看，你也长了白头发，都中年了，好好地过吧，我根本不曾恨过你，谢谢你曾经给我的爱"。

至此，他终于明白，他丢了一颗金子一般的心。

回来的飞机上，他把那张她和儿子的照片看了又看，然后捂在胸口，泪如雨下，他从此明白，什么叫一诺千金，什么叫永远。

所以，当他的妻子后悔了回到他身边时，他安静接纳了她，并且说，回来了就好。妻子哭着问他为什么，他说，因为我明白，珍惜眼前比什么都重要。

纸巾上的爱

她落泪时,男孩递给她一张粗糙的纸巾。一瞬间,她想起了丈夫为她擦泪的纸巾——轻盈而柔软,淡淡的茉莉清香沁人心脾。

有时,即使是一张纸巾,也可以改变一个人的一生。

婚礼上,她的泪纷纷而下,而其中不只是新娘必有的喜泪。

当初她坚持要举行的盛大的婚礼,不是没有一点补偿心理的。

他是留美的医学博士,开着一家药品公司,家财万贯,学富五车。第一次见面,对她说着手术室里的笑话,自己笑得"哈哈"的。她也附和着浅笑,可是根本没听懂一大堆专业术语。

他对她好。经常给她送花,开车送她上下班,带她去豪华娱乐场所,出资为她出了两本散文集。但是他自己只翻了几页就睡着了。对于他,她始终是高山仰止,敬而远之。可她周围所有的人都在劝她:这样的男人不嫁,还要等什么样的男人?她最后还是嫁了,只是眼泪不由自主往下流。在豪华的奔驰车里,他一路用纸巾细细地为她拭着眼泪。

在以后安逸的日子里,她想起了那个男孩。

她是在一次笔会上认识那个男孩的。第一个晚上,月光洒落得满山都是。她倚着靠山的栏杆,把自己放在月光里去,听着远远舞会里的舞曲人声。这时,听见他从她身边走过,停一停,低低吟了一句:"几处吹箫明月夜。"她惊得直起身来:莫非他听得见她心里

的声音?他们以后就总是这样:一句话,她说出了上半句,他便很自然地接出了下一半。笔会结束后,他们回到了各自的城市,却仍旧借助电话与邮递员,谈诗说文,谈天说地,然后谈情说爱,终至于——谈婚论嫁了。

不自觉地将男孩的信揉成了一团,她整个人都愣住了。也许,她一直都知道有这样的结果,只是……她看见丈夫在电脑前专注的身影,已经开始了中年的微胖——他怎么办?男孩不断地催问。每次见到男孩,她都下决心回家后立刻对丈夫摊牌。可是,怎么说出口?他对她,一直是那么好。

她在时间里煎熬,思绪纷乱如风起时的槐花:进,或者退?离婚或不离婚?他们再见面的时候,男孩追问的声音越来越大。她想起自己的诸般委屈,不由得就落了泪。

男孩慌了,翻遍全身才摸出一张纸巾递给她。

那纸颜色灰蒙蒙的,纹理粗枝大叶,捏在手里,坚硬粗糙,一看就知道是自由市场上那种论斤称卖的。

她想起他为她拭泪时那带着淡淡的茉莉清香的纸巾，柔软细腻而轻盈，仿如他给她的日子：舒适、温存、清洁。如果不是遇上他，她不可能在两年内连出两本书，也不可能至今还保留了一份少女不谙世事的纯净。她想起他的豪华私家车和那些与男孩在寒风凛冽的街头等末班车的深夜；他的名牌进口音响和男孩要经常拍一拍才会响的"随身听"……男孩给了她爱情，他却给了她一个女人一生中差不多最为重要的东西：安全感。

不知不觉地，她的泪止住了，她将男孩的纸巾还给了他，静静地说："我自己有。"

她后来还是会常常想起男孩，可是一次也没有后悔过自己的选择。

如果，感情和生活的品质，一个是玫瑰，另一个是每天必吃的一把青菜，那么，她只能选择后者。

只是，那一天，男孩递过来的，为什么会是那么低劣的一张纸巾呢？

给爱一个台阶

幸福有时候只需要一个台阶，无论是他下来，还是你上去，只要两个人的心在同一个高度和谐地振动，那就是幸福。

那年，她刚刚25岁，鲜活水嫩的青春衬着，人如绽放在水中的白莲花。唯一的不足是个子太矮，穿上高跟鞋也不过一米五多点儿，她却心高气傲地非要嫁个条件好的。

她是相亲认识的他，一米八的个头，魁梧挺拔，剑眉朗目，她第一眼便喜欢上他了。他们隔着一张桌子坐着，她却低着头不敢看他，两只手反复抚弄衣角，心里像揣了兔子，左冲右撞，跳荡如鼓。

两个人就这样相互爱上了，日子如同蜜里调油，恨不得24小时都黏在一起。两个人拉着手去逛街，楼下的大爷眼花，有一次见了他就问：送孩子上学啊？他镇定自若地应着，却拉她一直跑出好远，才憋不住笑出来。

他没有大房子，她也心甘情愿地嫁给了他。拍结婚照时，两个人站在一起，她还不及他的肩膀。她有些难为情，他笑，没说她矮，却自嘲是不是自己太高了。摄影师把他们带到有台阶的背景前，指着他说，你往下站一个台阶。于是他下了一个台阶，她从后面环住他的腰，头靠在他的肩上，附在他耳边悄声说："你看，你下个台阶我们的心就在同一个高度上了。"

结婚后的日子就像涨了潮的海水，各自繁忙的工作，没完没了的家务，孩子的奶瓶尿布，数不尽的琐事，一浪接着一浪汹涌而来，让人措手不及。渐渐地也便有了矛盾和争吵，有了哭闹和纠缠。

第一次吵架，她任性地摔门而去，走到外面才发现无处可去。只好又折回来，躲在楼梯口，听着他慌慌张张地跑下来，听声音就能判断出，他一次跳了两个台阶。最后一级台阶，他踩空了，整个人撞在栏杆上，"哎哟哎哟"地叫。她看着他那狼狈的样子，终于没忍住，便捂嘴笑着从楼梯口跑出来。她伸手去拉他，却被他用力一拽，跌进他的怀里。他捏捏她的鼻子说，以后再吵架，记住也不要走远，就躲在楼梯口，等我来找你。她被他牵着手回家，心想，真好啊，连吵架都这么有滋有味的。

　　第二次吵架是在街上，为买一件什么东西，一个坚持要买，一个坚持不要买，争着争着她就恼了，转身就走。走了几步后躲进一家超市，从橱窗里观察他的动静。她以为他会追过来，然而他却没有。他在原地待了几分钟后，就若无其事地走开了。她又气又恨，怀着一腔怒火回家。推开门，他双腿跷在茶几上看电视。看见她回来，仍然若无其事地招呼她："回来了，正等你一起吃饭呢"。于是他揽着她的腰去餐厅，挨个揭开盘子上的盖，一桌子的菜都是她喜欢吃的。她一边把红烧鸡翅啃得满嘴流油，一边愤怒地质问他，为什么不追我就自己回来了？他说，你没有带家里的钥匙，我怕万一你先回来了进不了门；又怕你回来饿，就先做了饭……我这可都下了两个台阶了，不知道能否跟大小姐站齐了？她"扑哧"一下就笑了，所有的不快全都烟消云散了。

　　这样的吵闹不断地发生，终于有了最凶的一次。他打牌一夜未归，孩子又赶上发了高烧，给他打电话，关机。她一个人带孩子去了医院，第二天早上他一进门，她窝了一肚子的火一下就爆发了……

　　这一次是他离开了。他说吵来吵去，他累了。收拾了东西，自己搬到单位的宿舍里去住。留下她一个人，面对着冰冷而狼藉的家，心凉如水。想到以前每次吵架都是他百般劝慰，主动下台阶跟她求和，现在，他终于厌倦了，爱情走到了尽头，他再也不肯努力去找台阶了。

　　那天晚上，她辗转难眠，无聊中打开相册，第一页就是他们的结婚照。她的头亲密地靠在他的肩上，两张笑脸像花一样绽放着。从照片上看不出她比他矮那么多，可是她知道，他们之间还隔着一个台阶。她拿着那张照片，忽然想到，每次吵架都是他主动下台阶，而她却从未主动去上一个台阶。为什么呢？难道有他的包容，就可以放纵自己的任性吗？婚姻是两个人的，总是他一个人在下台阶，距离当然越来越远，心也会越来越远。其实，她上一个台阶，也可以和他一样高的啊。

她终于拨了他的电话，只响了一声，他便接了。原来，他一直都在等她去上这个台阶。

幸福有时候只需要一个台阶，无论是他下来，还是你上去，只要两个人的心在同一个高度和谐地振动，那就是幸福。

一支口红使婚姻走到尽头

一次商务洽谈会，双方代表围坐在圆桌前商谈事宜，她同往常一样做会议记录，当她拿起纸杯轻呷一口茶时，鲜红的唇印印在了杯沿上，她十分不好意思地将沾了口红的那一面转向自己。

这一幕被对方的女秘书发现了。她去洗手间，碰见了那个女秘书："你口红的颜色很漂亮，可惜印在杯上就不太雅观了，我们做秘书的代表一个公司的形象，是不可以用那些廉价口红的。"

对方转身关上门的瞬间，泪水从她脸上流了下来。婚后，为了住上更舒适的房子，赚钱成了生活的重心，她的衣饰和化妆品只占了日常开销的极少一部分，口红多是10元左右一支的，她从没在乎过它的价格，但是今天，她严重地感觉到自尊心受挫。

她没有跟丈夫讲起这件事，只是在心里开始埋怨他的无能，她同他可说的共同语言越来越少了。

一天，她同他路过一家豪华商场，正巧搞化妆品促销，热情的小姐拉住了她介绍一款法国知名品牌的口红。口红涂在她的嘴上生动靓丽，最大的优点是不褪色、不沾杯，这令她十分心动，她几乎下定了决心要买它。他看出了她的心思，掏出皮夹问价钱，小姐说活动期间八折销售388元。他的手突然停在了那里。他看了她一眼，她立即有一种受伤的感觉，转身挤出人群，他在后面追她，她和他发生了第一次最伤彼此自尊心的争吵。一支口红，让她觉得她和他的婚姻走到了尽头。

他们离了婚。后来，她嫁给了一个商人，结婚那天，前夫送给

了她一份礼物,她没有拆开便将它放进了抽屉的角落。新的婚姻带给她极大的物质满足,她终于过上了她想要的生活,从衣服到化妆品没有一样不是名牌。有一天,她从丈夫的衬衫领口发现了一个鲜红的唇印,所有关于丈夫晚归的谜底都揭开了。她质问丈夫,丈夫一把推开她厌烦地说:"你安心做你的太太就行了,别的事最好少管,不要耍你的高傲,你当初同我结婚还不是看上我的钱!"他摔门而去,许多天都没有回来。

这样她失去了她的第二次婚姻。

整理衣物时,她发现了再婚时被她扔进抽屉的那件礼物,她拆开包装,竟是那天她同他在商场看上的那支口红。卡片上写着:我从没想过我们分手竟是因为一支口红,但是现在再说这些已没有任何意义,还是祝福你新婚快乐吧,愿这支口红带给你好运。

后来,她在一次电视专访中看到了他,他已是国内有名的化妆品经销商。当主持人问他为什么用口红做主打品牌时，他无限伤感地说："因为没有人知道，我曾因一支口红失去了一段婚姻。那支口红其实只要388元，但是当时我很穷，没能给她买。我不知道那支口红对她的意义，她曾因一支廉价的口红唇印印在杯沿而遭人耻笑，这极大地伤害了她的自尊心，所以对那样一支不沾杯的口红是十分向往的。这件事当时我不知道，直到她再婚的前一天才听她的一个好友说起，所以我买了那支口红送给她，但是一切都太晚了，她已经是别人的太太了。从那天起，我便决定经销口红，一种不沾杯但能被大多数女孩子买得起的口红……"

泪水一滴一滴落在他送给她的那支口红上。

请摸一百下

有一个男孩和一个女孩，他们非常相爱。

有一天，女孩要搬家到遥远的城市去了，男孩非常伤心，却不敢挽留她。

另一个城市里有她的父母，有她很好的生活环境，而男孩什么都没有，男孩不敢留她，怕留下她，她会跟着他吃苦。

所以他最终什么都没有说。

而女孩一直在等他开口说不要走，她等啊等，一直等到上飞机，他都没有说。

上飞机前，女孩递给男孩一个可爱的小毛猪，女孩说："想我了，就摸它一下吧。"

然后，女孩就上了飞机，她没有再回头。

晴朗的天突然下起了雨，男孩含着眼泪看着飞机升空，就在这一刻，他突然发现自己犯了一个可怕的错误，他竟然没有问女孩在新城市里的地址和电话！

于是，从此他开始等待，一天一天地守着电话不敢离开，他想女孩一定会打电话来的。

但是没有，一直都没有。

他想念女孩的时候，就摸一下那个小毛猪的头。他摸了一次又一次，

他等了整整三个月。

后来他绝望了。他觉得女孩一定是放弃了他，他甚至开始恨那个女孩了。

男孩走出了自己的屋子。从这一刻开始，他决定忘记这段感情，他要重新开始新的生活。于是，他抱起那个小毛猪，想了想，狠心将它扔出了窗外。扔掉了关于女孩的一切回忆，男孩从此再也不回头了。

第二天一早，有个清洁工到楼下打扫卫生，她看到了那个小毛猪。她把小毛猪抱了起来，摸了一下它的头，再摸了一下，突然，小毛猪动了。小毛猪的嘴巴慢慢张开，吐出了一张字条，字条上，是女孩在新城市的地址和电话。

小毛猪是女孩专门跑到一个玩具厂找人定做的，费了很大的心思。如果摸了猪头100下，小猪就会吐出她写在里面的字条来，她已暗暗决定，只要接到了男孩的电话，她就不顾一切赶回来，再也不和他分开。

但是，男孩最终只摸了98下。

清洁工想；多么好玩的小猪呀，带回去给儿子玩吧。

她抱走了小猪，扔掉了字条。

男孩和女孩从此错过了一生。

两粒沙的爱情

很久很久以前，在寂静的海底躺着两粒沙。他们相距两尺，一粒沙爱上了另外一粒。他凝视着两尺开外的意中沙，平安幸福地过了好多年。水下风平浪静，沙粒觉得自己很幸福，因为他知道有自己爱的沙可以让自己凝视，不用管水面上的台榭焦土，沧海桑田。

沙滩上出现恐龙的脚印。潮水涌来，脚印消失了，没有留下任何痕迹。这与海底的沙粒无关，但是在这一时刻他忽然冒出了一个念头：要到自己所爱的沙粒面前对她说爱她。于是沙粒开始了漫长的旅途，他一点一点地滚动，不放过任何一点动力，不管是细如发丝的暗流还是鱼们搅起的微弱漩涡。每当有这种力量，他总是觉得很感谢上苍。

沙滩上的脚印换成了剑齿虎的，潮水仍然无声地抹去了这个生物留下的印记。沙粒距离他所爱的另一粒沙只有两寸了。再往后，沙滩上出现了人类的脚印，当潮水再一次将这些脚印抹掉的时候，沙粒终于来到了意中沙的面前。他痴痴地看着自己所爱的沙，想想自己在两亿年间所走过的漫长的两尺，瞬间感到天上地下所有的幸

福全部都堆砌到了自己身上。两粒沙互相看着，不说什么。很久，沙粒终于决定要开口了。

正在这时一股水流涌来，巨大的吸力使沙粒漂起来，被吸进了一个洞里。他最后一眼看了看自己漫长的旅程，看了看自己爱着的沙粒，不知道该说什么。这时洞口合上了，顿时一片黑暗。他知道自己被一个蚌捕获了。

在以后的岁月里蚌偶尔会张开壳，沙粒还能看看外面的世界，这时他就看到那另一粒沙也在不远的地方凝视着自己。沙粒知道，世界是美好的，因为在光阴无法侵袭的海底，有另一粒沙在等待着自己。

某个时刻沙粒忽然觉得蚌有一点摇动，不久蚌壳张开了，映入眼帘的是海面、阳光、船和人类。人类用欣喜若狂的眼神望着他，他环视一下自身，知道自己已经变成了珍珠。

这粒珍珠圆润硕大，对人类而言是无价之宝，可是对珍珠的制造者——死去的蚌来说，只是一个带了些痛苦的意外。很快珍珠就被镶嵌到了王冠上。

已经变成珍珠的沙粒觉得很悲哀，但是并不绝望，因为他知道，另一粒沙在海底，痴痴地然而永远地等待着他。沙粒在王冠的顶端看着百官朝拜，看着国王老去，看着帝国衰落。随后国王终于死去了，王冠被用来陪葬。当王冠被放到棺材里的时候，他听到墓穴门被关上了。他心里想着的是在海底等待自己的另一粒沙。他并不惊慌，因为他有的是时间，他曾为了两尺距离整整旅行了两亿年。

黑暗的墓穴并不寂寞，时常有老鼠之类的来和他做伴。他独自待着，不知道光阴的流逝。后来墓穴被打开了，两个盗墓者偷走了王冠，当然还有王冠上的珍珠。很不幸，他们在一条河边为了这粒最大的珍珠开始相互斗殴，双双死亡。珍珠掉到了河边。珍珠中的沙粒突然燃起了一辈子从未有过的希望。他知道世界上的很多河水最终都要流到海里，等雨季来临，他就可以随着河水流下，到海里去寻找她。也许要经过无穷岁月才能达到最初的地方，可是有什么关系呢？他知道另一粒沙一定会在海底永远地等待着他，望穿秋水。

很快雨季来了，可是来临的不是暴涨的河水而是泥石流。珍珠和珍珠之中的沙粒一同被埋到了浅浅的地下。沙粒非常失望，可是他知道自己还有机会，因为陆地也是运动的，而且比自己要快得多。

又是一个漫长的等待。珍珠层已经被剥离得没有了，沙粒又露出了自己的本色，他觉得很干净，自己可以一尘不染地去见另一粒沙了。

上面传来沉重的隆隆声，这是一个金矿，沙粒和其他石头、泥土等一起被扔到了一个酷热的罐子里。直到这时他才发觉自己原来是一粒金沙。很快，他和其他金子被融合到了一起，炼成一块金砖，运到了一个地方的金库收藏起来。沙粒在悲伤中度过了很多年，想到海底的另一粒沙就觉得心如刀绞，但是他安慰自己说：还会有机会的，不可预知的未来也许会再次把他回复成一粒沙，并且把他带回大海，那样他就可以做长久的搜寻，为了茫茫大海之中的另一粒沙，为了在海底等待他的那一粒沙。

有一天金砖和金砖之中的沙粒被一起取出，他不知道自己将会怎么样，金砖被做成了一张唱片，记录下了地球上的各种语言和声音，包括大海的波涛。直到唱片被安装在发射架上的火箭里时，沙粒才觉得有些惊慌，他问身边的黄金："我们这是要去哪里？""是要飞向宇宙，向其他可能存在的智慧生命传达地球人类的信息，"其他黄金骄傲地回答他，"不是每个黄金分子都有这样的机会的！"正在这时火箭发射了。沙粒看着越来越远的地球，在宇宙中地球美丽而脆弱。他忽然间明白了自己永远也不可能再回到大海，回到没有任何诺言就在海底无尽等待自己的那一粒沙面前了。他有极为值得骄傲的历史，他曾经是世界上最美丽的珍珠，最纯的黄金，现在他是一粒飞上了茫茫宇宙的沙粒，是一个星球向宇宙所做的标记。可是比起这一切来他宁愿在海底做一粒沙，哪怕在自己所爱的沙粒身边待上一个小时，就灰飞烟灭。

仅仅是为了两粒沙之间可怜简单的爱情。宇宙空间之中传出一粒沙的哭声，飘荡着，经久不息……

浴室窗外的身影

那天,她最后一个下班,到浴室洗澡时,里面已空无一人。她拧开水龙头,热水喷淋而下……就在这时,她突然发现浴室上方的玻璃窗敞开着,有个身影一闪而过。她惊叫一声,本能地用浴巾包住身体。她被人偷窥了,她心里充满了屈辱感。

她心神不宁地穿上衣服,糊里糊涂地骑上了自行车。回到家,和她同一个单位的丈夫已经上夜班去了。她从此变得郁郁寡欢。到了单位,她会紧张;看到男同事,她会想,他是不是那个偷窥的人。再后来,她失眠了,整晚上想的都是那个窗户边闪过的身影。而且发展到不论白天还是黑夜,她都必须拉上所有的窗帘才能安心。

她的变化被她丈夫发觉了。一个晚上,丈夫轻轻搂着她,问:"到底发生了什么事,告诉我,我们一起分担好吗?"她躲进他的怀抱,凄然地说"我说了,你不要责怪我。"丈夫惊奇而疑惑地看着她。于是她把事情的原委告诉了丈夫。丈夫忍不住了,狠狠地说:"让我知道是哪个色鬼,我非打死他不可!"过了一会儿又突然问:"是哪天的事?"她说了日子。丈夫起身取过床头的日历,一页页地翻着,然后一拍脑袋,说:"天哪,那个人应该是我!"她吃惊地问:"怎么可能是你?"丈夫说:"我记得清清楚楚,那天我刚到车间,主任就让我拧上浴室外的一只水阀,我根本不知里面有人。"她腾地坐起,说:"真的?"丈夫说:"这还能骗你!"于是她咯咯地笑了,心魔

从此一扫而光。

　　后来，轮到她丈夫失眠了。有一天上班，丈夫用电焊枪把那扇窗用铁皮焊上了。别人不知道这是为什么，只有她心里明白。而另一个秘密她却永远不会知道：她的丈夫那天根本没有去拧那只水阀。

冷却的咖啡

　　一天，一个三十多岁，穿着笔挺西服的男人走进了这家飘散着浓浓咖啡香的小小咖啡厅。

"午安！欢迎光临！"年轻的老板娘亲切地招呼着。

男人一面客气地微微点了点头，一面走到吧台前的位子坐了下来，开口对老板娘说：

"麻烦给我一杯咖啡，谢谢！"

"好的，请稍候。"老板娘微笑着说。

接着她便开始熟练地磨碎咖啡豆，煮起咖啡来。男人一直带着笑容看着老板娘煮咖啡的动作，一副很享受的样子。

过了没多久，老板娘便将一杯香醇的咖啡端到男人的面前。

"请慢用！"

"谢谢。"男人将杯子拿到嘴边，浅浅地尝了一口。

"第一次来吗？"老板娘问。

"是啊！"男人答。

"觉得我们这家店怎么样？"

"很不错！气氛很好！"

"我自己也是很喜欢，所以虽然生意不好，我和我先生却还是舍不得把它关掉。"

"嗯……"男人好像有所同感地点了点头，又喝了一口咖啡。

两人沉默了一会，一时间空荡荡的店里只有悠扬的爵士音乐。男人忽然开口，打破了这短暂的宁静。

"呃……不好意思，可以请教你一个问题吗？"

"什么问题呢？"老板娘好奇地问。

"嗯……这……这该怎么说好呢？"男人抓着头，一副不知所措的样子。"或者你可以先听我说个故事吗？"

老板娘点了点头，示意男人继续说下去。

"我以前有个很要好的女朋友，已经到了要论及婚嫁的地步。我

和她之间的感情发展得相当平凡,并不是什么经过大风大浪、轰轰烈烈般的爱情。但我想从我第一眼看到她的时候,就仿佛有一股魔力,有一个声音在推动着我,告诉着我,就是她了!她就是我一直期待着的女孩。更令我高兴的是她也响应了我的示爱,接受了我。这一切的顺利让我整个人陶醉于幸福的喜悦之中,只不过……"

"只不过,发生了什么事了吗?"老板娘显然给故事吸引住了,她打断了男人的话。

"嗯……"男人脸色沉了下来,略微停顿了一下,继续说下去。

"只不过我忘了幸福的背后,往往藏匿着最可怕的恶魔。就在我们订婚前一个月的一个晚上,她……她遭到了歹徒的强暴""啊!"老板娘惊讶地叫了出来。"都怪我!要是我那天坚持送她回去就好了!"男人用力地捶打着桌面,杯子中的咖啡因剧烈震动洒了出来。

"你要问我的该不会就是这个吧!"老板娘一面擦拭着洒出来的咖啡一面说。

"不!不是的!我对她的感情不会因为这样而有所动摇,我决定仍旧如期订婚,可惜就在我们订婚的那一天,她……上吊自杀了!"男人的语调异常平缓,从他的表情上看得出,当时的他是多么难过与震惊。

"自杀!那她有没有怎么样?"老板娘为突转而下的剧情睁大了眼睛,紧张地看着男人。

"幸运的是我们发现得早,送到医院时还有气,只是脑部因为长时间缺氧,呈现昏迷状态,当时医生说她一度有成为植物人的危险。"

老板娘松了一口气,"那她后来有醒过来吗?"

"有的,她醒了!"

"但……但当我得知她醒了的消息,高兴地要去看她时,却被她

父母给拦在门外。"

"为什么？她父母为什么不让你去看她？"

"她父母跪在地上求我，原来她失去了记忆，失去了认识我以后的记忆，医生说这是选择性失忆症，当人在遭遇极大的打击时，会逃避性地藏起一些记忆。她父母求我暂时不要再出现在她面前，他们认为让她就这样忘了之前的一切对她比较好，怕我要是去见她或许会让她回想起来那段不堪回首的经历，到时她可能又会陷入昏迷，甚至又跑去自杀。"

"她父母这么说也是有道理，反正只是暂时嘛！等她情绪和身体都稳定了，你就又可以见她啦！"老板娘听了男人的话后这样说着。

男人勉力挤出一丝笑意，样子无限苍凉，"你知道他们的暂时指的是多久吗？是十年啊！也就是这十年里我得要忍受这样没有她的日子，就算偶尔在路上碰面，也得要装成陌生人一般的和她擦肩而过。"男人快要咆哮起来似的，"你知道这样的日子有多难熬，这样想爱却又不能爱的心情有多痛苦！"

"虽然会很痛苦，但你还是选择了这条路吧！"老板娘看着男人的眼神变得非常温柔。

老板娘的眼神让男人冷静了下来，点头说："嗯！到今天就满十年了！"

"哦！真的吗！？那真是恭喜了，你努力撑了十年，到今天终于可以去见她了！"老板娘开心地说。

"是这样没错！但是越到这一天，我反倒越害怕。十年了，我的心意是没有改变，但是她呢？如果我跟她说了以前的事，她还是想不起我那怎样办？或者是她已经有了男朋友，甚至结婚了呢？"

"这才是我想请教你的问题！"男人似乎略带紧张地看着眼前年

轻的女店主，静静地等待着她的答复。

"嗯……"老板娘用手托着头，脸色凝重地想着男人所提的问题。

"我想既然你这么爱那个女孩，她记不记得你其实并不重要，最多是重新开始而已，再重新追求她一次，再重新谈一次恋爱，其实也很不错吧！而且就算有男朋友了也没关系啊！把她从他手中抢过来不就行了！"老板娘笑着说。

"但是！"她忽然将表情严肃了起来，"但是如果她已经结婚了的话，那你就放弃吧！我们结了婚的人啊！是最痛恨有人破坏人家家庭的了！"

"是吗？"男人低着头冷漠地说。

"没错！所以你可千万别做个破坏别人家庭的人哦！"

这时，走进来几个刚下课的大学生，老板娘走出吧台，忙着招呼这几位新来的客人。

"对了！"老板娘好像忽然想到了什么，转过头来看着男人。

"你为什么会想问我这些啊！我和你不过是第一次见面而已啊！"她好奇地问。

"嗯……为什么呢……大概是因为那个女孩曾说过，结婚以后要和我一起开一家像这样的咖啡厅吧！"

"哦！原来是这样子啊！"老板娘说。

"嗯！只是这样而已！只是这样而已！只是这样而已！只是……"男人不停地重复着同样一句话，好像借此告诉自己什么似的。

爵士乐停了下来，整个屋子里只听得大学生清脆的谈笑声。男人低着头偷偷地瞄着老板娘手上的结婚戒指，一滴温暖的眼泪，悄悄地滑进了那杯早已冷却的咖啡里。

女人是用来疼的

女人入洞房那天，早早收起了自己的鞋，等男人脱鞋上炕后，女人却双脚踩在男人的鞋上。男人见了，"嘿嘿"地笑着说："还挺迷信。"女人却认真地说："俺娘说了，踩了男人的鞋，一辈子不受男人的气。"男人说："俺娘也说了，女人踩了男人的鞋，那是一辈子要跟男人吃苦受罪的。"

女人开始试探着管男人，先从生活小事儿开始，支使男人拿尿盆倒尿罐，男人全干了；地里的庄稼女人说种啥，男人就种啥；左邻右舍的人跟谁走近点跟谁走远点，男人全听女人的；男人正跟人闲侃，女人一声喊，男人像被牵了鼻子的牛，乖乖就回去了；男人正跟人喝酒，女人上前只扯一下耳朵，就被拽进家。有人激男人："这女人三天不打，她就上房揭瓦。你也算个男人，怎能让女人管得没有一点男人的气概？若是我的女人，非扇她两鞋底不可。"男人不急不慌地说："把你的女人叫来，我也舍得扇她两鞋底子。"那人急了："你懂个好赖话不？上辈子老和尚托生的没见过女人！真不像你爹的种，怕老婆！"

村里人再有大事商量，男人一出场，人们就说，这商量大事你也做不了主，还是把你家女人请来吧。男人还真把女人叫来了。

女人为能管住男人觉着很得意。直到有一天女人在男人耳边说起了婆婆的不是，男人红了眼，对着她一声大吼："想知道我为啥不打你吗？就因为我老娘！我娘一辈子不容易，我爹脾气暴躁，稍有不顺心，张口就骂举手就打，我爹打断过胳膊粗的棍子，打散过椅子。我娘为了我们几个孩子，竟熬了一辈子。每次见娘挨打，我都发誓，我娶了女人决不捅他一指头。不是我怕你，是我忘不了我老娘说的话，她说女人是被男人疼的，不是被男人打的！"

女人惊呆了，她没想到男人的胸怀竟这样宽广。

男人在外再同人神吹海喝，女人不喊也不再拽耳朵，有时会端碗水递给男人。有人问男人，咋调教的？男人却一本正经地说："打出来的女人嘴服，疼出来的女人心服。"

时间与爱的故事

一天，情感们得知小岛快要下沉了，于是，大家都准备船只，离开小岛。只有爱留了下来，她想坚持到最后一刻。

过了几天，小岛真的要下沉了，爱想请人帮忙。

这时，富裕乘着一艘大船经过。爱说："富裕，你能带我走吗？"富裕答道："不，我的船上有许多金银财宝，没有你的位置。"

爱看见虚荣在一艘华丽小船上。"虚荣，帮帮我吧！""我帮不了你。你全身都湿透了，会弄坏我这漂亮的小船。"

悲哀过来了，爱向她求助："悲哀，让我跟你走吧！""哦……爱，我实在太悲哀了，想自己一个人待一会儿！"悲哀回答道。

快乐走过爱的身边，但是她太快乐了，竟然没有听见爱在叫她！

突然，一个声音传来："过来，爱，我带你走。"

这是一位长者。爱大喜过望，竟忘了问他的名字。登上陆地以后，长者独自走开了。

爱对长者感恩不尽，问另一位叫知识的长者："帮我的那个人是谁？"

"他是时间。"知识老人答道。

"时间？"爱问道："为什么时间要帮我？"

知识老人笑道："因为只有时间才能理解爱有多伟大。"

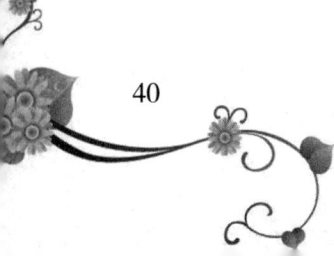

为爱情倒退99步

在又一次生气之后,她一口气跑到了这条崎岖的山路上。他气喘吁吁地追到她跟前的时候,她说:"我们分手吧!"

他呼着粗气说:"你觉得我们已经到了非分不可的地步吗?我相信我们缘分未尽。"

她说:"除非上天会出现奇迹。"

他看了她半晌,说:"那好吧,从现在开始我们就背对着背各走各的。不过到第九十九步的时候我们都要停下来,等待五分钟,看有没有奇迹会出现。如果没有,那我先在这里祝福你。"

她说:"好,但是如果你想要在背后跟着我的话,那我们以后会连朋友也没得做。"

于是她义无反顾地向前踏出了第一步,紧接着又是第二步、第三步……

到了九十步以后,她的步子已经明显变慢。到第九十七步的时候,她知道已经离得他很远了。她心里明白,其实自己是爱他的,他也同样爱着自己。只是他的性格过于刚直,而自己偏偏又是一个有点儿小气的女孩,他每次用那么刚直的性子和自己这么小气的性格碰撞,她能不生气?作为男人,她想他为什么就不能让让她?不能轻言软语地安抚她?那一刻,她觉得他的确不可原谅。

她再踏出了一步,第九十八步了,她心里渐渐涌起了内疚的感

觉。她想,在整个相爱的过程中,犯错的其实主要还是她自己。虽说他过于刚直,可是哪一次闹别扭了,到最后不是由他来当小人?哪一次最后不是他赖着脸来哄她,让她重返快乐?那一刻,她不再像刚才那样埋怨他了,她反倒开始有些后悔,自己怎么因为这点小事就和他说出了分手这样绝情的话?

她终于踏出了第九十九步,这一刻她想起了和他相爱时的每一个点滴。已经三年了,一千多个日日夜夜的记忆和美好,真能这么轻描淡写地抹掉?她分明听到自己的心底有一个声音在呼喊:不要!这一刻,她才知道自己有多么留恋他——留恋他强有力的胳膊,它曾经拥抱得她几乎喘不过气来;留恋他厚实的脊背,它曾经背着她无数次登上眼下的这一段山路;还有他亲吻她时扎得她脸上生疼的胡子,还有他哄她开心时捏她鼻子的手指,还有他抚摸她头发和脊背的温暖的手掌……

走完第九十九步之后,她在原地蹲了下来,用手蒙着脸,把头伏在了自己的膝上。她哭了，第一次，她不是为和他生了气，而是为自己这么蛮横而流下了眼泪。

这时候，她听到背后有缓慢而轻微的脚步声。回过头，她看见了他，严格说，是看见了他的背影。他一步一步地后退着，在那崎岖的山路上，每一步他都是那么缓慢，那么小心翼翼。有几次，她还看见他差一点就滑倒，每当这时，她的心也就随着他的步子提到了喉咙。当他终于退到了她前面一米开外的时候，她听见他嘴里在轻轻的数着九十六、九十七、九十八……她再也顾不上自己满脸的泪水，跑上去紧紧地抱住了他的后腰。

他回过头，为她抹了把眼泪，说："我没有跟着你，每一步我都是背着你的。我本以为要为爱情倒退九十九步的，可现在奇迹却在我只倒退了九十八步的时候就已经出现。"

她什么也不说，只一味地把头往他的胸前钻，直到眼泪打湿了他的衣服。

半年后，她挽着他的胳膊步入了礼堂。让他奇怪的是，结婚以后的所有日子里，她再没和他生过一次气，哪怕是小小的口角也没有，就算在他心情很烦甚至大发脾气的时候。他问她："你怎么这样了？这是你的风格么？"她笑笑说："为了我，你都已经倒退了九十八步，为了爱情，我为什么又不能干脆倒退九十九步呢？"

为爱情倒退九十九步，说起来容易，做起来其实却很难，因为这不仅需要彼此之间有真挚的爱，还需要有一颗能够包容对方的心。

地铁里老鼠的爱情

它是一只小老鼠。从它出生那天起,它就已经知道了这个事实。它出生在地铁里,从来没有名字,所以我们姑且就叫它地铁里的老鼠吧。虽然它只是一只老鼠,可从那天起,它就已经觉得自己和一般的老鼠不一样了。因为它觉得它有一般老鼠所没有的一种思想,那就是爱情。

它是一只幸运的老鼠,因为在它生活的地铁里,有一个大屏幕的电视,经常会播放一些新闻或者广告,所以渐渐地它觉得自己也能听懂人的话,不像一般的老鼠,只能听懂那些人们骂它们的话。虽然它每天和别的老鼠一样到处觅食,但是还是感觉自己不太一样。因为它相信,有一天它一定会过一种和一般老鼠不一样的生活。

这一天就是这样到来的。就在不经意的一瞬间,它抬头望了一眼人群,看见了一个女孩,如出水芙蓉一般站立在人群中。最要命的是她有一双美丽的眼睛,是让人看了忘记一切的一双眼睛,只想一直这样注视着她的眼睛,心中慢慢地升起一股又一股的爱意,直到漫溢了,你才发现原来自己爱上她了!它只记住了她的这双眼睛,她便上了地铁消失了。它从未想过自己会爱上一个人!对啊,那是一双让"人"迷恋的眼睛,可它是一只老鼠啊!怎么可能呢?

但从此以后,那双眼睛就像夜空中的最闪烁的、最明亮的星星一样,让它神往,只要想想,它都觉得是那么的美好,那么的幸福!

它的思念并没有因为时间而变淡，反而像酿的陈年老酒一样，越来越浓。

随着年龄的增长，它开始认识越来越多的朋友，当然都是它的同类。每个老鼠都知道它有这样一个梦想，要找到那个人类的女孩，大家只是笑它不现实。其中，有一只母老鼠，深深地爱上了它，不知是爱它的自命不凡，还是爱它的执着，抑或是爱它的梦想。总之，就是像它爱那个女孩一样地爱着它。母老鼠总是鼓励它，对它说，有一天，它一定会再见到那个女孩的。所以，渐渐的，它把这只母老鼠看成是自己的红颜知己，也曾经希望，如果自己爱上的是它就好了！有一天它决定离开自己生活的地方来逃避这种痛苦了，于是它温柔地对母老鼠说："我走了。"母老鼠忍不住地哭出声音来，哽咽着说："可不可以留下来？"它没有作声，因为它不会留下来，也不愿伤它的心。母老鼠说："如果是为了我呢？"它还是没有作声，因为它不是它一生中要去找的那个爱人。母老鼠很坚定地说："那好，我和你一起走！"它望着它说："不可以。我是去找我的爱情。"母老鼠觉得心更痛了，用着几乎是发颤的声音说："祝你成功！"

它终于来到外面的世界了！这里是这么的广阔！一抬头望见的天空是蓝色的，不再是那黑黑的墙。虽然它要随时注意危机的到来，可它还是感到那么的兴奋！因为，它觉得它的梦想已经离它越来越近了！它并没有注意，就在它的不远处，有那么一双忧郁的眼睛在注视着它。

其实外面的世界还是不错的，因为它今天吃到了它从来没有吃过的美味！可也正是为了这，它几乎丢了性命！一只可恶的猫一直在追赶着它，直到后来不知什么原因，那只猫又突然跑开了，可能是发现了新猎物了吧。黑夜到来的时候更是可怕，因为它听到了猫叫声，却又不知道它们藏在哪里。它必须尽快找个安身之处。

就在它疲惫不堪的时候，它来到了一个大房子的前面，那里面有着灯光，不知为什么，它感觉里面一定很安全，于是它从门缝里偷偷地钻了进去。原来这是一所教堂，它以前在地铁里的大屏幕中见过，很多人在这里祈祷，希望自己的愿望能够实现。它想，真的有上帝吗？他可不可以帮我呢？它在心里默默的祈祷着，希望自己的梦想能够实现。

一天的奔波下来，它真的很累、很疲倦，于是它找了一个很安全的角落，睡下了。梦里，它梦到了一个很温和的声音对它说："我可以帮助你实现愿望。明天醒来的你将变成一个人，但是你是要为此付出代价的。那就是你的生命。你可以不做这个选择，因为那样的话，你就只有一天的寿命了。"它连忙喊："只要我能再见到她，我愿意！"

它真的变成了一个人，当它再次醒来的时候。不，是他。他感激不尽地看了一眼教堂中间悬挂的十字架。他很快意识到自己的时间不多，匆忙地向外跑去。他也不知道该去哪，他想还是先去初次见她的那个地铁站吧。原来人的好处这么多！他看到的世界比他原先的高了那么多！他领略的是另一番风情，最主要的是，他可以名正言顺地去爱她了！

当他来到地铁站的时候，他发现一个只有人类会有的问题。他没有钱，他该怎么去买地铁票呢？他不知该怎么办好了。这时，有人拍了一下他的肩，天啊！居然是她！感谢上帝！他觉得自己已经窒息了，他说不出来一句话！她微笑着看着他，对他说："我们好像认识啊！"她接着说："你好像真的忘了！"他说："那就从现在开始认识可以吗？"她微笑着点头说："可以啊！陪我去四处逛逛吧。"

他忙说:"好!"幸福从此时开始。两个人手牵着手,一起漫步在街道上。即使人群熙熙攘攘,依然不能让他们有丝毫的分离,只会让他们牵着的手拉得更紧密。这也许就是爱的表现吧。他总是忍不住地去看她的脸,她那双眼睛。他做梦也想不到,让他魂牵梦绕,奋不顾身的她,居然真的能够和他走在一起,一双美丽的眼睛,总是含着笑意和爱意,他真是幸福死了。他想无论和她在一起的时光有多短,他都已经满足了。因为有的时候,瞬间即是永恒。因为,这一刻,他希望时间停止;这一刻,他至死不会忘记,这就是永恒!他也希望,在她漫长的人生旅途中,偶尔也会想起这一刻吧。

幸福的时间总是流淌得最快。天色已经暗了下来,两个人就这样漫步着,不知不觉地来到了海边。他想,也许我就要死在这里了,在和她一起看完日落。虽然想到死,心中有点伤感,但是,很快的,就被爱情的喜乐掩盖了。天色越来越暗,两个人肩并着肩,坐在沙滩上,夜晚的海边有丝丝凉意,可是,两颗相爱的心,却是温暖的。终于,在欣赏过晚霞之后,太阳落山了,可是又是一番美景在等着他们。是不是相爱的人,只要在一起,无论什么景色都是那么美好呢?满天的星斗,让人又说不出的感动。两个人什么都没说,只是偶尔问一句,你冷吗?当地平线上慢慢泛出彤色,当启明星越来越模糊的时候,他已经开始感觉到虚弱和无力了。他最后的深情地望她一眼,对她说:"我得走了。"他不想自己死在她面前,因为他不希望她发现自己爱的是一只老鼠!也许他可以去地铁站,也许还可以碰到那只母老鼠。可是,她死死地拽住他,不让他走,眼泪哗哗地流了下来。她怎么好像知道他要死了一样呢?他不想她哭,而且,他也已经没有力气走了。"我爱你!"他对她说。然后他躺在她的怀里,深情地望着她,直到最后慢慢地闭上了眼睛。恍惚间,他似乎听到了"我爱你"。他死了，是……它死了。他又变成了一只老鼠。她还是望着它，甚至已经哭出声来。

到太阳彻底升起的时候，人们在海边发现了两只老鼠，没有人知道，这为什么会有两只老鼠，而且会是死的。也许是哪个淘气鬼的恶作剧吧。没有人知道它们之间曾经发生的故事，也没有人知道一个最美丽的谎言。她其实也是只老鼠，当然就是那只母老鼠。因为她也对上帝说，希望能够帮助它实现愿望。而两个愿望，现在都实现了……

无缘的爱

她是一个美丽的标本，躺在这个冰冷的玻璃柜里已经整整五百年了。

五百年前，她用她的声音做交换，请巫师把自己制成一个爱情标本，等她的爱人将她相认。在施展法术时，巫师对她说："你将躺在这个神奇的玻璃柜中五百年，谁也不能将你带走。五百年后，你等的那个人会经过这里，如果那时他将你认出，唤了你的名字，你就可以打开这个柜子，从此跟他远走天涯永不分离；如果他没有叫你的名字，那你将化为一堆灰烬，永世不得托生为人。"

她把双手合在心上，露出一个最美丽的微笑，那是他曾经迷恋过的神情，她想他一定能一眼把自己认出，因为他曾那样温柔地在她耳边说过他喜欢看她笑的样子，永远也不会忘记。

巫师摇摇头对她说："你必须承受很大的痛苦才能使法力生效，你的神情会因为承受不了那种痛苦而变得可怕，你就是做出再美丽的微笑也没有用的。"

她依然笑着说："来吧，我不怕。我一定会保持住这个微笑的，他喜欢我笑的样子。"巫师开始施法了……一阵剧痛后，她的身体没了知觉。

她看到他来了。她想：叫我的名字吧！那样我们就可以永远在一起了。可是过了许久，他也没有出声，只是久久地凝视着她，然后恋恋不舍地转身离开。

玻璃柜在他转身的那一刹那怦然碎裂。她听到自己身体溶化的声音，她知道，魔法就要生效了，自己将永世不得超生。她在此刻竟了无遗憾。"我终于等到你来了，我终于可以带着你最喜欢的微笑离开了……今后的日子里你要好好珍重，原谅我不能陪你了"。

她感到自己快要消失了，用尽最后一丝力气把自己化成一颗心的形状，然后魂飞魄散。他突然听到身后一阵剧烈的破碎声，心中莫名的一阵剧痛。蓦然回头，只看见地上一堆小小的灰烬，像极了一颗心。他飞奔回去，抚摸那堆灰烬，眼泪悄然落下。

是的，他想起来了。很久以前他曾对一个女人说："我有一颗石头心。"女人说："来生，我会做一颗石头。"

他把那堆灰烬小心地包好，放入贴心的口袋。从此一直到死，那堆灰烬都没有离开过他的身边，他也从没有开口说过一句话。

原来，他用声音向神明换得了永不改变模样，好让他的爱人来生一眼就认出他。这五百年来，他一直在寻找那个女人，当他看见那块石头的那一刻，他震惊了！那个名字在他心中唤了无数遍，可是，纵使喊断了肝肠，他也再不能开口……前生，他们无缘相守；

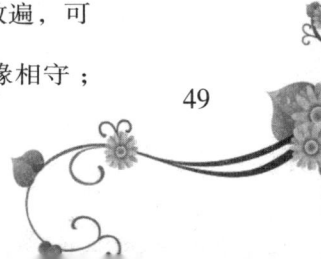

今生，他们依然在宿命的折磨中将彼此错过。那么来世他们会不会有一份完美的爱情。

可是，他不会知道，她再也没有来世了……

飞鸟和鱼的痴恋

很久很久以前，有一条鱼和一只鸟相爱了。但是上帝告诉它们，它们永远不会是恋人，甚至做朋友也是奢求，即使它们彼此相爱，这一辈子也是可望而不可即。鱼儿讨厌海水的束缚，渴望在蓝天中自由自在和高高在上的感觉；鸟儿讨厌空旷的蓝天，渴望得到海水的沐浴，在水中漫步。

鱼儿努力地跳出水面，跳向它梦想的蓝天；鸟儿不断地冲向海面，去感受水的亲近。鱼儿一次次地跳，却总在尾巴还没离开海面时，就重重地落下。有一次落到岸边，是涨潮的海水救了它；鸟儿一次次地接近海面，却总在刚刚拥抱海水时，就被湿了的羽毛拖住，是它的朋友一次次帮它逃离险境。

鱼儿不愿放弃，因为它感到蓝天在召唤它；鸟儿不愿放弃，因为它觉得大海才是它真正的家。就这样，鱼儿和鸟儿不停地尝试接近，但都在它们接近梦想的过程中，接近死亡。

鱼儿对鸟儿说，"你本是在天上的，应该飞来飞去。"

鸟儿对鱼儿说，"你本是在海里的，应该游来游去。"

鱼儿对鸟儿说，"如果飞鸟和鱼可以相爱，那么我们在哪里筑巢？"鱼儿的眼泪落在海里。

鸟儿对鱼儿说，"看着我，我告诉你答案。"鸟儿最后一次飞上了天空。

在那一刹那，鸟儿从天空向着大海俯冲，不，是奔向她的鱼；就在那一刹那，鱼儿竟离开深海跃向高空，不，是迎接他的鸟儿。鱼儿和鸟儿紧紧相拥，一切都停止了……

没有人知道究竟过了多久，桑田沧海几度变幻，时光无情地流逝，一对恋人在博物馆里发现了拥抱在一起的鸟儿和鱼儿的化石。

飞鸟与鱼的痴恋爱情，曾让彼此痛苦不已，但那种痛苦，却是幸福的一部分。他们确实拥有过幸福，而春去春回，流传在众人心中的，只剩下美好的回忆……

两只小猪的爱情

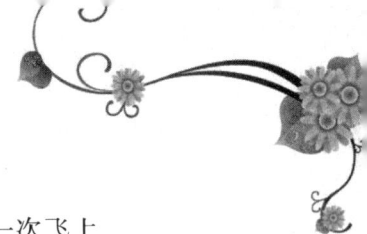

从前有两只小猪，整天过着无忧无虑的生活。他们非常相爱，每天主人送来吃的时候，公猪总是先让母猪吃，等她吃饱了再上去吃母猪吃剩下的东西。

每天晚上公猪总是给母猪放哨，他生怕主人趁他们熟睡时把母猪拉出去宰了。日子一天天地过去，母猪日渐长胖，而公猪则一天天瘦下去。

有一天，公猪突然听见主人在跟屠夫商量，要把长势见好的母猪杀了给卖掉。公猪伤心至极，于是从那天开始公猪性情大变。每

当主人送吃的来时公猪总抢上去把东西吃的一干二净，每天吃好后便躺下大睡，并且告诉母猪，现在换成她来放哨，如果他发现她没放哨的话就再也不理她。渐渐的，日子一天天过去，母猪觉得公猪越来越不在乎她。母猪失望了，而公猪还是若无其事的过着安乐日子。

很快一个月过去了，主人带着屠夫来到猪圈，他发现一个月前肥肥壮壮的母猪瘦得没剩下多少肉，而公猪则长得油光发亮。这时的公猪拼命地奔跑，想引起主人的注意，表明他是头健康的猪。

终于，屠夫把公猪拖走了。在拖出猪圈的那一刻，公猪朝着母猪笑着说："以后别吃这么多了。"母猪伤心欲绝，拼命地冲出去，但圈门被主人关上了。隔着栅栏，母猪只能看着闪着泪光的公猪。

那晚，母猪望着主人一家开心地吃着猪肉，伤心地躺倒在以前公猪每天睡的地方。突然她发现墙上有行字：如果爱情无法用言语来表达，我愿意用生命来证明！母猪看到这行字时肝肠寸断！

你查字典了吗

一个男孩深恋着一个女孩，但他一直不敢向女孩直言求爱；女孩对他也颇有情意，却也是始终难开玉口。两人试探着、退缩着、亲近着、疏远着——不要嘲笑他们的懦弱，也许初恋的人都是如此拒绝和畏惧失败吧！

一天晚上，男孩精心制作了一张卡片，在卡片上精心书写了多年藏在他心里的话，但他思前想后，就是不敢把卡片亲手交给女孩。他握着这张卡片，愁闷至极，到饭店喝了些酒，竟然微微壮了胆子，去找女孩。

女孩一开门，便闻到扑鼻的酒气。看男孩虽然没喝醉，但是那微醉的样子，使她心中有了一丝隐隐的不快。

"怎么这时候才来？有什么事么？"

"来看看你。"

"我有什么好看的！"女孩没好气地把他领进屋。

男孩把卡片在口袋里揣摸了许久，硬硬的卡片竟然有些温热和湿润了，可他还是不敢拿出来。面对女孩含嗔的脸，他心中充溢着春水般的柔波，那柔波在灯光下，一漾一漾的，一颤一颤的。

他们漫长地沉默着。也许是因为情绪的缘故，女孩的话极少。

桌上的小钟表指向了11点钟。

"我累了。"女孩娇嫩地伸腰，慢条斯理地整理着案上的书本，

不经意的神情中流露出辞客的意思。

男孩突然灵机一动。他百无聊赖地翻着一本大字典，又百无聊赖地把字典放到一边。过了一会儿，他在纸上写下一个"罂"字问女孩："哎，你说这个字念什么？"

"ying"女孩奇怪地看着他，"怎么了？"

"是读'yao'吧。"他说。

"是'ying'。"

"我记得就是'yao'。我自打认识这个字起就这么读它。"

"你一定错了。"女孩冷淡地说。他真是醉了，她想。

男孩有点无所适从。过了片刻，他涨红着脸说："我想一定念'yao'。不信。我们可以查查，呃，查查字典。"

他的话竟然有些结巴了。

"没必要，明天再说吧！你现在可以回去休息了。"女孩站起来。

"查查字典好吗？"他轻声说，口气含着一丝恳求的味道。

女孩心中一动。但转念一想：他真是醉得不浅。于是，柔声哄道："是念'yao'，不用查字典，你是对的。回去休息，好吗？"

"不，我不对我不对！"男孩急得几乎要流下泪来，"我求求你，查查字典，好吗？"

看着他胡闹的样子，女孩想：他真是醉得不可收拾。于是她绷起了小脸："你再不走我就生气了，今后再也不会理你！"

"好，我走，我走。"男孩急忙站起来，向门外缓缓走去。"我走后，你查查字典，好吗？"

"好的。"女孩答应道。她简直想笑出来。

男孩走出了门，女孩关灯睡了。

然而女孩还没有睡着，就听见有人在敲她的窗户。轻轻地、有节奏地叩击着。

"谁？"女孩在黑暗中坐起身。

"你查字典了吗？"窗外是男孩的声音。

"神经病！"女孩喃喃骂道。而后她沉默了。

"你查字典了吗？"男孩又问。

"你走吧，你怎么这么固执。"

"你查字典了吗？"男孩依旧不停地问。

"我查了！"女孩高声说，"你当然错了，你从始至终都是错的！"

"你没骗我吗？"

"没有。鬼才骗你呢！"

男孩很久很久没有说话。

"保重。"这是女孩听见男孩说的最后一句话。

当男孩的脚步声渐渐消失之后，女孩仍旧在拥被坐着。她睡不着。"你查字典了吗？"她忽然想起男孩那句话，便打开灯，翻开字典。

在"罂"字的那一页，睡卧着那张可爱的卡片。上面是再熟悉不过的字体："我愿用整个生命去爱你，你允许吗？"

她什么都明白了。

"第二天我就去找他。"她想。那一夜，她辗转未眠。

第二天，她一早出门，但是她没见到男孩。男孩躺在太平间里——他死了。他以为她拒绝了他，离开女孩后又喝了很多酒，结果真的醉了，因车祸而死。女孩无泪。

她打开字典，找到"罂"字。里面的注释是："罂粟，果实球形，未成熟时，果实中有白浆，是制鸦片的原料。"

罂粟是一种极美的花，且是一种极好的药，但用之不当时，竟然也可以是致命的毒品，人生中一些极其珍贵的东西，如果不好好留心和把握，便常常失之交臂，甚至一生难得再遇再求。有时这些逝去的美好会变成一把锋利的刀子，一刀一刀地在你心上剜出血来。

命运的无常和叵测，有谁能够明了和预知呢？

"你查字典了吗？"

如果有人这样询问你，你一定要查一查字典。或许你会发现：你一直以为对的某个字，其实是错误的，或者还有另一种读法。

一份爱的蛋炒饭

那年男孩二十四岁，女孩二十二岁。男孩在一个有星星的晚上，深情地把一枚几乎感觉不到重量的白金戒指戴在女孩的右手无名指上。男孩羞涩地问女孩："愿意嫁给我吗？不论健康疾病、贫穷富贵，不离不弃。"女孩把头靠在男孩的肩上，轻轻地回答："我愿意。"然后，女孩感到眼里有星星在坠落。

女孩搬到了男孩住的筒子楼，因为同为这个繁华都市的异乡客，所以他们的婚礼很简单。女孩用一张大红纸剪了一个"囍"，男孩则买了许多粉红色的气球，一个个吹大，然后任气球滚落在他们狭小的爱巢里。这就是他们的结婚礼堂，没有宾客、没有祝福，只有一种叫爱的东西，荡漾在这对幸福的人心里。那夜，男孩成了男人；女孩也因此被称做女人。

　　男人是一个写字的,之所以不称他为作家,是因为他的字从来没有在有影响的刊物上变成过铅字。但是女人深信,她的男人一定会成功。在女人还是女孩的时候,就看过男人写了一半的长篇小说,女孩就是因为他的字而被他轻易俘虏。在性和倒错的爱充斥的文字界,男人的字就如炎热夏季里的一丝清风,优美且清爽。但是,会写字的人太多了,就如会唱歌的人一样多。唱歌唱得好的歌手,并不一定会成为歌星;同样,会写字的人,并不见得会出名。

　　当男人趴在那台旧电脑上码着字的时候,女人会静静地坐在男人背后,看着男人因为长期弯曲而不再挺拔的后背,默默心疼。每当男人长舒一口气,收拾文件的时候,女人就擦去眼泪,走进厨房,为男人准备宵夜。

女人的消夜不外乎是碗普通的蛋炒饭，可男人爱吃，男人经常赞叹，女人的蛋炒饭是世间最诱人的美食。当女人看着男人狼吞虎咽地吃着她亲手炒的蛋炒饭时，总会露出幸福的微笑，这丝微笑，来自于她的爱人小小的一个满足。

岁月如梭，男人还是以前那个名不见经传的写手，那本已经写好的小说，还是无人问津。男人开始失望，既而是绝望。从不沾酒的他，开始酗酒。醉了，便如一个小孩般靠在角落里哭。男人的泪水，在他自己而言，只是宣泄苦闷和委屈的化合物；而对女人而言，那些在男人消瘦的脸上蜿蜒而下的泪水，就如一把把利刃，生生地割在她心尖上。

当男人酒性过去了，哭倦了，女人便默默起身，走进厨房，为他炒蛋炒饭。在滚滚油烟的催化下，女人眼眶中凝结的东西开始溶解，化为水滴洒落。女人不承认那是眼泪，她知道自己要坚强，要和爱的人一起度过他们人生中最坎坷和灰暗的时光。所以，女人不哭。

最困难的时候，他们家里连米都没有了，而男人却不知道，他照常饮酒，和一帮"文友"买醉在楼下街角的大排档中。当大排档的老板来向女人索要男人欠下的数百元酒钱时，女人摸了摸空空如也的衣兜，微笑着对大排档的老板说："请您先下去，过会儿我给您送过去。"当一脸歉意地送走了那位老板后，女人跌坐在地上，第一次，肆无忌惮地哭了。

当女人从血头手里接过那几张用鲜血换来的钞票时，看着灰蒙蒙的天空，心口狠狠地疼了一下。少女时代对婚姻如童话故事的幻想，彻底破灭了。虽然如此，她如何能舍弃那个她爱尽整个生命的男人？女人不舍她的男人，因为他是她的整个天空。

男人最终从女人日益消瘦憔悴的脸上看出了端倪，他含着泪吻着女人臂弯处的针眼，懊悔且心疼地反复问女人："为什么不卖掉戒指啊？为什么不卖掉戒指呢？"男人怎么能明白，那个戒指在女人心里，重于女人自己的生命啊。女人紧紧拽住右手无名指上那枚依旧璀璨的白金戒指，生怕有人会把它夺走。过了良久，她才低声回答男人："我舍不得。"男人一把抱着女人，就如多年前他羞涩地向还是女孩的女人求婚那夜一般，紧紧地抱着女人，生怕一不小心，她便消逝无影踪。

只要是钻石，就一定会有璀璨的一天。怀才不遇多年的男人，他的书被一位有名的书商相中。男人的书终于出版了，男人一夜之间从一个写字的，变成了一位炙手可热的作家。各类媒体纷纷采访他，各种恭维充斥着男人的世界。男人经常兴奋得难以入眠，失眠的夜里，他拉着女人吃遍了城市各个有名的饭店，在二十四小时营业的五星级酒店的购物中心给女人买各类名牌服饰和首饰。女人都不要。女人举起右手，对男人说："世界上最昂贵的东西我全部有了，那就是你和我手指上的这枚戒指。"女人还说："我只想和你一起回家吃蛋炒饭。"男人一笑了之，对女人不解风情的做法很是不屑。

男人在赞誉和鲜花中开始迷失。他出入各种宴会，结交各类所谓的精英人物，当然，他是一切的焦点。可女人还是那个女人，还是穿廉价的地摊货、吃最简单的饭菜的那个女人。光环笼罩下的男人开始重新审视他的女人：女人的腰身已经不是几年前那个女孩的水蛇腰了；女人的皮肤因为油烟熏罩而失去了原本的光泽；女人的谈吐也不像一个作家的太太，更像一个农家妇女。女人的一切都让男人感到厌烦。

渐渐地，女人更多的时候只能从电视上和报纸上看到她的男人。当男人一脸春风地出现在荧屏上时，女人突然有种错觉：那个男人似乎已经不再是她熟悉的男人。女人在孤单的夜里，只有抚摸着右手无名指上那枚冰冷的小戒指，才会有丝丝温馨和以往的甜蜜。

终于，如所有家庭剧中的主角一样，男人有了新欢。他的新欢是一位"女记者"，这位女记者是在一次采访中认识了男人，男人传奇的坎坷经历和优美的文字，让女记者对他从敬慕升华到爱慕。女记者的美丽、聪慧也吸引了男人。男人忘了女人为他付出的一切，忘了曾经共同拥有过的苦难。也忘了女人炒的蛋炒饭。身为名作家的他认为，豪华且考究的西餐厅和半生不熟的牛排，更适合他和他的女记者。

女人在男人把离婚协议书放在她面前时，镇静得让男人心慌。女人看都不看一眼协议书的内容，就毫不犹豫地在上面签了字。男人试图想说点什么，来缓解他的尴尬，女人没有给他开口的机会，反而如同一位胜利者，轻轻地对略显得狼狈的男人挥手说："你走吧。"女人的动作轻柔中带着不屑，就如赶走一只苍蝇般。这三个字让男人如获大赦，长长舒了口气。女人忽然开始鄙视眼前这个曾是她爱人的男人，她无意再留下什么，包括这个男人。所以，她放爱自由。

男人如愿和他的女记者举行了婚礼。婚礼很隆重，才子佳人的结合一度成了那座城市的焦点。而似乎所有的人都忘了曾经有个女人在男人生命中最潦倒苦闷的时候，抹上了一笔浓浓的东西，那一笔，叫作爱。女人在筒子楼下开了家大排档，最拿手的就是蛋炒饭，吃过的人都说，女人的蛋炒饭有种奇异的香味，就如恋爱中的味道。或许，在女人心中，一直装着男人。只不过，她内心珍藏的男人，

是已经死在多年前某个有星星的夜里的那个男孩。那个男孩死去的那天,他曾手握戒指羞涩地问一个低着头的女孩:"你愿意嫁给我吗?不论健康疾病、贫穷富贵,不离不弃。"

爱情的出口

早计划好的,去游那个山洞。他们准备了一个上午,火把、手电筒、蜡烛、粉笔、矿泉水、饼干、羽绒衣。男孩甚至藏起一只形象逼真的塑料青蛙,他想在适当的时候,把它塞进女孩的脖领,想象她那夸张的喊叫。

山洞在公园的一角。一座山,中间被掏空,那其实是一个废弃的防空洞,经过公园的改修,竟也成为一个景点。山洞不是很深,

却似迷宫般错综复杂、黑暗潮湿。大多数时候，这里并没有几位游客，冷清得像个被遗忘的荒野。

他们买了票，走进山洞。当时正是冬天，天气刺骨的冷。男孩举着火把，牵着女孩的手，小心翼翼地走向洞的深处。女孩不时惊叫一声，人为地制造着恐怖的气氛。每到这时，男孩就会回过头，冲着她笑。

他们越走越深，全然没有了时间的概念。暮色逐渐降临，看管山洞的老人在洞口喊："里面还有人吗？没有人了吗？"不见回应，于是老人按下一个按钮，关上第一道石门，然后按下另一个按钮，关上第二道铁门。不过一分钟的时间，两道门，就将他们和外面的世界隔离了。

一小时以后，他们才发现面临的可怕处境。他们站在石门前喊叫，声音被石门阻挡，反弹回来，震得耳膜嗡嗡地响。女孩的紧张变成深深的恐惧，她紧抓着男孩的胳膊，脸色苍白。她说："我们出不去了！"男孩努力使自己平静下来，他笑着说没事，只不过在洞里多待几个小时而已。明天一大早，门打开了，我们就能出去。

男孩的话，让女孩稍稍欣慰。他们把羽绒衣铺到地上，两个人挤着坐下，开始了漫长的等待。

夜里下了雪，罕见的、肆虐的大雪下了整整一夜。

仿佛所有的云彩都撕成了碎片，直接堆在地上。公路的护栏几乎被雪彻底掩埋，公园的铁门，也被埋掉一半。当然不会有游客，所以，那天公园没有开园。

大雪一连下了5天，仿佛永远不会停下。公园的大门，也锁了整整5天。男孩女孩早已吃光了所有的饼干，喝光了所有的水。他们的恐惧和绝望随着时间的推移，一点一点地累积加深。他们不知道外面发生了什么事，但他们知道，不管发生了什么，假如再过两天，他们仍然出不去的话，那么，肯定会死在这里。

女孩躺在男孩怀里，泪眼婆娑。她说，我们真的要死在这里了。每隔一段时间，他们就会徒劳地呼救十几分钟。可是他们的声音，只是在冰窖似的山洞里回荡，或许会有一<u>丝丝</u>传出去，却很快被寒风撕散、湮没。

终于，男孩决定不再等下去。那已经是第5天的夜里。他对女孩说："我去找找，这山洞，说不定还有别的出口"。女孩说："会有吗？"男孩说："我去找找看"。女孩也要去。男孩说："不，你留在这里，每隔一会儿，你就呼救。记住，我不回来，你千万不要乱动！"然后他吻了吻女孩，返身走向山洞深处。男孩只带了几根粉笔和一个手电筒。

女孩在黑暗中徒劳地呼喊："外面有人吗？外面有人吗？"渐渐地，那呼喊就变了内容，仅剩下男孩的名字。呼喊声慢慢变小，变成呻吟，到最后，终于连她自己都听不到了。女孩昏睡过去。恍惚中她走在一条粉色的路上，身边没有男孩。她感到无尽的孤独。

老人终于打开了那道石门。他揉揉眼睛，惊恐地叫一声，我的天啊！那是第6天的清晨，女孩被救活了。

可是男孩，却始终没有醒来。

山洞真的有一个出口，尽管，那出口早已废弃。在一个很陡的斜坡上面，已经被枯草和石块掩埋，仅露了拳头大小的窟窿。当人们找到那里的时候，那个窟窿已经被扒开，足以通过一个人的身体。或许是从那个窟窿飘进来的未及融化的雪花，让男孩找到了它。出口外面的雪野上，留着男孩的脚印；洞壁的石头上，沾着男孩凝结的血。

男孩的尸体躺在洞中，距那个出口约200米。他背对着出口，身体早已冰凉。他的头撞上了一块尖石，鲜血早已冻成了冰。一边的石壁上，留着一条清晰的粉笔线。那线，一端连着死去的他，一端连着生的出口。

没有人看到男孩的最后时刻，但是，我们可以试图还原。

男孩跪在那里，他的双手流着鲜血，拼命扒着那个拳头大小的洞。那洞一点点地变宽，终于，他爬出了那个洞。他站在雪野拼命叫喊，可是周围寂静一片，没有一个人影。于是男孩重新钻回山洞。他将那个出口变成入口。或许此时，连他自己都不知道，极度疲惫的自己能否重新走回女孩的身边。

他扶着洞壁走向女孩，粉笔在洞壁上划下一条长长的线。虚弱、迫切和兴奋让他忘记了归途中那个很大的陡坡。于是男孩滚了下去……他逃离了山洞，却又返回。因为那里有他的爱情。因为有爱情，这世上，就不会再有一个人的出口。

一千年的等待

有个年轻美丽的女孩，出身豪门，家产丰厚，又多才多艺，日子过得很好。媒婆都快把她家的门槛给踩烂了，但她一直不想结婚，因为她觉得还没见到她真正想要嫁的那个男孩。

直到有一天，她去一个庙会散心，在万千拥挤的人群中，看见了一个年轻的男人，不用多说什么，反正女孩觉得那个男人就是她

苦苦等待的结果了。可惜,庙会太挤了,她无法走到那个男人的身边,就这样眼睁睁地看着那个男人消失在人群中。后来的两年里,女孩四处去寻找那个男人,但那男人就像蒸发了一样,无影无踪。女孩每天都向佛祖祈祷,希望能再见到那个男人。她的诚心终于打动了佛祖,佛祖显灵了。

佛祖说:"你想再看到那个男人吗?"

女孩说:"是的!我只想再看他一眼!"

佛祖:"你要放弃你现在的一切,包括爱你的家人和幸福的生活。"

女孩:"我能放弃!"

佛祖："你还必须修炼五百年道行，才能见他一面。你不后悔？"

女孩："我不后悔！"

于是女孩变成了一块大石头，躺在荒郊野外，四百多年的风吹日晒，苦不堪言，但女孩都觉得没什么，难受的是这四百多年都没看到一个人，看不见一点点希望，这让她都快崩溃了。

最后一年，一个采石队来了，看中了她的巨大，把她凿成一块巨大的条石，运进了城里。他们正在建一座石桥，于是，女孩变成了石桥的护栏。

就在石桥建成的第一天，女孩就看见了那个她等了五百年的男人！他行色匆匆，像有什么急事，很快地从石桥的正中走过了，当然，他不会发觉有一块石头正目不转睛地望着他。男人又一次消失了。

再次出现的是佛祖。

佛祖问她："你现在满意了吗？"

女孩回答说："不！为什么？为什么我只是桥的护栏？如果我被铺在桥的正中，我就能碰到他了，我就能摸他一下了！"

佛祖说："你如果真想摸他一下，那你还得修炼五百年！"

女孩说："我愿意！"

佛祖说："你吃了这么多苦，不后悔吗？"

女孩说："不后悔！"

于是女孩变成了一棵大树，立在一条人来人往的官道上。这里每天都有很多人经过，女孩每天都在近处观望，但这更难受，因为无数次满怀希望地看见一个人走来，又无数次希望破灭。不是有前五百年的修炼，相信女孩早就崩溃了！日子一天天地过去，女孩的心逐渐平静了，她知道，不到最后一天，他是不会出现的。又是一

个五百年啊！最后一天，女孩知道他会来了，但她的心中竟然不再激动。

来了！他终于来了！他还是穿着他最喜欢的那件白色长衫，脸还是那么俊美，女孩痴痴地望着他。这一次，他没有急匆匆地走过，因为天太热了。他注意到路边有一棵大树，那浓密的树荫很诱人，休息一下吧，他这样想。他走到大树脚下，靠着树根，微微地闭上了双眼，他睡着了。女孩终于摸到他了！他就靠在她的身边！但是，她无法告诉他，她这千年的相思。她只有尽力把树荫聚集起来，为他挡住毒辣的阳光。千年的柔情啊！

男人只是小睡了一刻，因为他还有事要办。他站起身来，拍拍长衫上的灰尘，在动身的前一刻，他回头看了看这棵大树，又微微地抚摸了一下树干，这大概是为了感谢大树为他带来清凉吧。然后，他头也不回地走了！

就在他消失在她的视线的那一刻，佛祖又出现了。

佛祖说："你是不是还想做他的妻子？那样的话你还得修炼。"

女孩平静地打断了佛祖的话："我是很想，但是不必了。"

佛祖问："为什么？"

女孩说："这样已经很好了，爱他，并不一定要做他的妻子。"

佛祖说："哦！"

女孩说："他现在的妻子也像我这样受过苦吗？"

佛祖微微地点点头。

女孩微微一笑："我也能做到的，但是不必了。"

就在这一刻，女孩发现佛祖微微地叹了一口气，或者说，佛祖轻轻地松了一口气。

女孩有几分诧异地问："难道佛祖也有心事？"

佛祖的脸上绽开了一个笑容:"因为这样很好,有个男孩可以少等一千年了,他为了能够看你一眼,已经修炼了两千年。"

生命总是平衡的,以一种我们了解或是不了解的方式。

问世间情为何物,乃是一物降一物。

那一晚,他输掉了整个世界

一对青年,热恋很久以后结婚了。一天,男的要给女的买戒指。走进商厦,看见那些琳琅满目的金银首饰,她犹豫了很久,吞吞吐吐地说："我不要这个，给我买个传呼机吧。"那时候，传呼机还是比较新鲜的玩意，价格不比戒指便宜多少。男的听了有点意外，因为他知道女朋友是一向不赶时髦的。最后，在她的坚持下，男的就用买结婚戒指的钱买了一只漂亮的汉显传呼机。

两人一回到新房，女的就把传呼机别到了男的腰上，男的惊诧地问："这个是送给你的，你怎么给我戴上了？"女人笑吟吟的，还带着点得意："这样，我就可以随时找到你了！你答应我，不管什么时候，不管什么时间，不管你有多忙，只要我呼你，你一定得回我电话！"这天夜里，两个人在被窝里一遍遍地调试着呼机的响铃。他们觉得，生活就像这铃声，响亮、悦耳，充满着憧憬和希望。

这天开始，男的呼机常常会传来这样的信息："老公，下班了买点菜回家。""老公，我想你，我爱你。""老公，晚上一起去妈妈家吃饭。"每次看到这些，他的心里便觉得十分温暖。只要可能，即使不需要回电话，他也会打个电话过去，听听她的声音。

有一次，男的忘了给传呼机换上电池，又恰好陪领导到基层，应酬到半夜才回到家。推开房门一看，他发现妻子早已哭红了眼睛。原来从丈夫下班的时间算起，她每隔一刻钟就呼他一次，他越不回她就越着急，总以为发生了什么意外，后来每隔十分钟呼他一次，直到他推开家门，她刚把话筒放下。

他对妻子的小题大做有点不以为然："我又不是小孩子，还能出什么事情？"妻子却说有一种预感，觉得他不回电话就不会回来了，男的拍拍妻子的脑袋，笑了："傻瓜！"不过，从此以后他一直没有忘记在口袋里放一节备用电池。

以后丈夫升了职，有了钱，呼机也换成了手机。突然有一天，他想起欠着妻子的那枚戒指，便兴冲冲地拉着她去商厦。可到了那里，看着电视广告天天播放的白金钻戒，她又犹豫了，说："给我买个手机吧。"丈夫问："家里有电话，你又不经常出门，要手机干什么？"妻子说："白金钻戒那么贵，套在手指上有什么用啊？那款手机我早看中了，再说，以后我要找你，就算你在厕所里，也能和我通话了。"说到这里，她得意洋洋地笑了。

那天，手机开通了短信息服务。他们一个在卧室，一个在客厅，互相发着短信息，玩得高兴极了。晚上，他收拢了笑容，一本正经地对她说："以后不要随便给我打手机和发短信了，我经常开会，还有一些严肃的场合，老跟你聊私事不方便。"妻子一听不高兴了："那我要找你怎么办啊？""爱咋办咋办。"丈夫也有点不耐烦了："我又不是小孩子，整天老找我干吗？"

就在给妻子买手机后不久的一个夜里，丈夫和同事到另一个朋友家里玩牌，起初只是十元八元的彩头，后来越玩越大。正玩在兴头上，妻子用手机打来了电话："你在哪里？怎么还不回家？""我在同事家里玩牌。""你什么时候回来？""待会儿吧。"

输了赢、赢了输，妻子的电话也打了一次又一次。外面下起了大雨，同事提议玩一个通宵，这时妻子的电话又响了："你究竟在哪里？在干什么？快回来！""没告诉你吗？我在同事家玩，下这么大的雨我怎么回去！""那你告诉我你在什么地方，我来接你！""不用了！"说完丈夫就把电话挂了。一起打牌的朋友见这光景，都嘲笑他"妻管严"，一气之下，他就把手机关了。

天亮了，他输得两手空空，朋友用车子把他送回家，不料家门紧锁着，开门一看，妻子不在家。也就在这时，电话响了，是岳母打来的，电话那头哭着说，她深夜冒着雨出来，骑着自行车，带着雨伞去他同事家找，找了一家又一家，路上出了车祸，再也没有醒

来。

丈夫这时候才想起打开手机。只见上面有一条未读的留言:"你忘记了吗?今天是我们的结婚周年纪念日呀!我去找你了;宝贝,别乱跑,我带着伞呢!"她走在找他的路上,并且,永远不会再醒来了。丈夫泪流满面,一遍遍地看着这条短信息,他觉得那一个晚上他输了整个世界……

有一种思念不是爱情

有一个女孩失恋了,她伤得很深很深,觉得整个世界都抛弃了她,甚至想到了死。她发誓这辈子再也不谈恋爱了。她把这个消息告诉了一个男孩，于是男孩开始不断地安慰她、鼓励她，每天编好玩的短信逗她开心，在每个夜晚祝她晚安。就这样，女孩渐渐从痛苦中恢复过来，又变得和往日般活泼可爱。

男孩每天晚上依旧祝她晚安，如时钟般的准时，女孩就在这种祝福中平静地睡去。可是有一天，女孩没有收到他发来的短信，心里有一种莫名的失落和不安。她问自己，是不是喜欢上了这个男孩。她想起了自己的誓言，开始努力强迫自己不去想他，但男孩的影子总是若隐若现地在脑海里飘来飘去。她觉得这种思念怪怪的，和原来恋爱时的感觉不一样：当她恋爱时，那种思念就像火一样炽烈，不断地燃烧着，吞噬着自己的一切，占据了自己全部的灵魂，除了思念再也不能做任何事了；而现在呢，她说不清，她从未感到还有这样一种思念是淡淡的，有点虚无但又无处不在，不需要付出什么却总能感到一种温情，就像在房间的角落里摆上了一束百合，淡淡的幽香弥散了整个房间，却又不会让你刻意地去想，让你感到不自在。

女孩决心要弄明白。一天，男孩给她打电话问她最近过得开心么。聊着聊着，她突然问这个男孩为什么没有女朋友，要不要帮他介绍一个。她问的时候心跳得很快，但又装出一副开玩笑的口气。男孩说好啊好啊。她不知道哪来的勇气，突然说："那就考虑一下我吧。"电话那端沉默了好久，女孩觉得自己太冲动了，预感到自己好像要毁掉什么似的。男孩终于开口了，说："我们还是像这样做朋友的好。"她不甘心地又问："为什么呢？你不喜欢我吗？"又是好久的沉默，然后，男孩用一种缓慢的口气，好像要让每个字都沉进女孩的心里似的，说："我担心，如果以后你再失恋了，会没有人来安慰你了。"

眼泪止不住地流下来，女孩终于明白了，有一种思念不是爱情。

有一种思念不是爱情，这种思念是平和的，是温馨的，是不掺任何杂念的，没有任何专属味道，没有任何占有的意念。

女孩突然想起男孩曾经说过，这个世界只有三种颜色：红色、蓝色和绿色。

红色是冲动，是激情，是毁灭一切的力量；

蓝色是忧郁，是深刻，是沉沦一切的力量；

绿色是平和，是安逸，是抚慰一切的力量。

经过红色的爱情、蓝色的失恋，那么绿色的思念就是你最好的心灵鸡汤。

爱情的时间是多久？几个星期，几个月，还是几年？但不管多久，爱情总是会过期的。而这种思念呢，永远也不会过期。

超越了爱情和友情的感情，就是这种思念。

找一处心灵的港湾，你可以放心地去停泊。

找一个心灵的守护天使，永远不会迷失自我。

当你找到了，你就是世界最幸福的人！

有一种幸福叫等待

那年，她十六岁，第一次喜欢上一个男生。他不算很高，看上去很斯文，喜欢踢足球，学习成绩也很好，常是班上的第一名。她从来没有想过要向他表白，只是觉得，能一直这样远远地欣赏他，就很好了。

那时,她常常为在路上碰到他,打声招呼高兴个半天;常常放学也不回去,而是上运动场一圈又一圈地慢跑,只为了看他踢球;她还学着叠幸运星,每天在那小纸条上写一句想对他说的话,叠成小幸运星,快乐地放在大瓶子里。她常常看着他想,像他那样的男生,应该是会喜欢那种温柔体贴的女孩吧?那种有着一把乌黑的长长直直的头发;有着一双水汪汪的大眼睛,开心的时候会抿嘴一笑的女孩。她的头发很黑,但只短短的到耳际边;她有一双大眼睛,但常常因为大笑而眯成一条缝。她常常照着镜子想如果有一天她成了那种女孩,他会不会喜欢上她。但想归想,她还是每个月都跑去理发店把稍微长长一点的头发剪短到耳际边,还是一遇到好笑的事情就哈哈大笑起来,笑得眼睛眯成一条缝。

她十九岁时,考上了一所不算很好但也不差的大学。他正常发挥,考上了另外一所城市的重点大学。她坐着火车离开这个生她养她的小城时,浮上心头的是她点点滴滴与他的回忆。大学生活是以二十几天艰苦的军训生活拉开序幕的。晚上临睡前,其他女生都躲在被窝里偷偷打电话跟男友互诉相思之情,她好多次按完那几个熟悉的数字键,却都始终没有按下那个呼叫键。十九年来,她第一次知道什么叫思念,原来,思念就是一种可以让人莫名其妙地掉下眼泪的力量。

四年的大学生活不算太长,活泼可爱的她身边从来不缺乏追求者,但她却选择了单身。好事者问起原因时,她总淡淡一笑,说:"学业为重嘛。"她也确实在很努力地学习,只为了报考他所在的那所大学的研究生。四年来她的头发不断变长,她没有再剪短。

一次同学聚会时,大家看到她时都眼前一亮:一把乌黑的长长

75

直直的头发；水汪汪的大眼睛因恰到好处的眼影而更显光彩；白里透红的皮肤，时不时抿嘴一笑，都认不出这是昔日的小活宝。他见到她时也不禁心神一动，但当时他的手正挽着另一个女子的纤纤细腰。她看着他身边那个比自己更温柔妩媚的女子，很好地掩饰了心里的一丝失落，只淡淡对他一笑，说，"好久不见了。"

她二十二岁时，以第一名的成绩考上了他所在的那所大学的研究生。他没有继续考研，进了一家外资企业，工作出色，年薪很快就达到了六位数。她继续过着单调甚至枯燥的学生生活，并且坚持单身。一次放假回家，一进门母亲就把她拉到一边，语重心长地说："女儿啊，读书是好事，但女人始终是要嫁人生子的，这才是归宿啊。"她点了点头，进房间去整理带回来的行李，先从箱子里拿出来的是一瓶满满的幸运星，摆在书架上。书架上一排幸运星的瓶子，都是满满的，刚好六瓶。

她二十五岁时，凭着重点大学的硕士学历和优秀的成绩，很快就找到一份很好的工作，月薪上万。他这时已自己开公司，生意越做越大。在第三家分公司开业的时候，他跟一位副市长的千金结婚了，双喜临门。她出席了那场盛大的婚礼，听到旁边的人说起新郎年轻有为，一表人才，新娘家世显赫，留洋归来，貌美如花，真是一对璧人。她看着他春风得意的笑脸，心里竟也荡起一种幸福的感觉，一种莫名的感觉，仿佛他身边那个笑容如花的女子就是自己一样。

她二十六岁时，嫁给了公司的一个同事，两个人从相识到结婚不到半年的时间，短到她都不知道两人是否恋爱过。他们的婚礼在她的极力要求下搞得很简单，只邀请了几个至亲好友。当晚她喝了很多酒，第一次喝那么多酒，没有醉，却吐得一塌糊涂。她在洗手间看着镜子里那张在水汽蒸腾下逐渐模糊的脸，第一次有种想痛哭一场的冲动。但终于，她还是把妆补好后走出去继续扮演幸福新娘的角色。她的外套的衣袋里，有她早上仓促叠好的一颗幸运星，里面写着：今天，我嫁为他人妇了，可是我知道，我爱的是你。

她三十六岁时，过着平静的小康生活。一日在街上巧遇一旧同学，闲聊起他，得知他生意失败，沉重打击后终日流连酒吧，妻离子散。她在找了好几天后终于在一间小酒吧找到了他。她没有责骂他，只是递给他一本存折，那里面是她所有的积蓄，然后对他说："我相信你可以从头再来的。"他打开存折，巨额的数字让他不可置信，那些所谓的亲朋好友在听到他说了"借钱"两个字就冷眼相向避而不见，她不过是一个快让他淡忘名字的老同学，为什么却如此

慷慨大方？她似乎看出了他的疑问，依旧淡淡一笑，说"朋友不是应该互相帮助的吗？"当晚她的丈夫知道了后，一个重重的巴掌立刻甩了过来，大吼道："上百万一声不吭就全给了他，你是不是看上人家了！"她被那巴掌击倒在地，没流泪也没说话，更没有回答她丈夫的质问。虽然她从来没有向别人承认过她爱他，但她也绝不会向别人否认她爱他。

她四十岁时，那年他的公司已经成为同行业里最具竞争力的几家大公司之一。那晚他带着两百万和他的公司的百分之十股份转让书到她家。她的丈夫一边乐呵呵地说，"不必这么客气嘛，朋友之间互相帮助是应该的。"一边飞快地在股份转让书上签下自己的名字。她没说什么，只说了句，"不如留下来吃顿饭，"他没有不答应的理由。饭菜端上来时，他惊讶地发现自己最爱吃的几样菜都有。但他抬头看到她一脸恬静地为丈夫儿子夹菜时，心里一下释然，觉得是自己想多了。临走的时候他从口袋里拿出一张请柬，笑笑说："希望你们到时都可以来。"她以为是他又有分公司开业，不以为意，接过随手放在沙发上。送走他后转身回厨房洗碗的时候，突然听到她丈夫大声说，"'人一有钱就风流'这句话果然没错啊，看你这个旧同学，这么快又娶第二个了。"她的手一颤，被一个破碗的缺口划了一下，血一下子涌了出来，一滴接一滴不停往下滴。她看着那片泛着微红的水，突然想起十五年前那个笑容如花的女子那身婚纱，似乎就是这个颜色。

  她五十五岁时，一天突然在家里昏倒，被送到了医院。一番检查后，医生脸色沉重，要把她丈夫叫到一边说话。她毕竟是个聪明的女人，叫住医生，她很认真地问："我还可以活几天？""三个月"。电影里的对白用得多了，没想到真应了"人生如戏"这句话。她执意不肯住院，回到家里开始为自己准备后事。一个人活了大半辈子，要交代的事很多。得到消息的亲朋好友纷纷赶来见最后一面，他是最后一个。她躺在床上，已经开始神志不清，但一看到他手上那颗幸运星，立刻清醒了过来，似乎是回光返照。"这是给我的吗？"她指了指那颗幸运星，脸上竟露出一丝笑容。他连忙回答："啊，是，是啊。这是我带来给你的。"真是无心插柳，这不过是他刚出机场时碰到那个为红十字筹款的小女孩送的，他当时急着来见她，接过来时都没看清是什么东西就赶着上车了，一路上握着。她接过那颗幸运星，紧握着放在胸前好一会儿也不放。终于，她指了指旁边的桌子，那上面也放了一颗幸运星，那是她昨晚花了一个多小时才叠好的，缓缓对他说道："在我以前住的房子里，还有三十九罐幸运星。等我火化的时候，你把那些连同这两颗和我放在一起，好吗？"他还没来得及回答，她已经合上了眼睛，一脸的安详。

她火化那天,他按照她的遗愿把那些幸运星撒在她身上,总共三十九罐,不小心滚落一两颗在地也没人发现。他转身要走的时候,忽然发现地上还有两颗。他拣了起来,他想,算了,就当是留个纪念吧。

他七十岁时,一天,他戴着老花眼镜在花园里看书时,四岁的小孙子突然拿着两张小纸条,兴冲冲地跑到他面前,嚷道:"爷爷,爷爷,教我识字!"他扶了扶眼镜,看清第一张小纸条上的字:"杰,你今天穿的那身蓝色球服很好看哦。还有,6这个号码我也很喜欢,呵呵。"他皱了皱眉,问孙子:"这两张小纸条你是从哪里找来的?""这不是纸条啊,这是你放在书桌上那两颗小星星。我拆开

它,就发现里面有字了!"他一愣,再去看那第二张小纸条:"杰,有一种幸福是有一个能让你不顾一切去爱他一辈子的人。"

"有一种幸福是有一个能让你不顾一切去爱他一辈子的人",他念着念着,泪流满面……

情人再见,是永远的不见

她做了一个男人的情人,虽然也知道他有家有业,可是她还是忍不住做了人家的情人……

他爱她,这很重要,况且,他是四有新人:有房有车有貌有款。三十岁的男人,正是风华正茂的好年龄,心甘情愿做他的情人,还因为他曾说过:"我爱的当然是你,给我时间,我会把最好的给你。"

她以为,最好的,一定是一个家,女人再疯再浪漫,还是要一个家的。

她年轻漂亮风情,以为自己是等得起的,她给他的时间是五年。

所以,她常常觉得自己是幸运的,她的情人这样地爱自己,她可以不在烈日炎炎下找工作,可以不被老板骂,就守在他送的那所大房子里,等待他回来,洗手做羹汤给他喝。

然而她发现,再晚,他也是要回家的。即使她有一次过生日时把他灌醉了,他还是挣扎着起来回家了,她追出去问:为什么一定要回家?他回答:"那是责任"。

这句话刺伤了她的心。她一下子明白,他们之间也许是激情是

游戏，但唯独不是爱，因为爱里，是有责任的。

那时，她就动了离开他的念头，可是几年来，两个人已经牵着筋连着骨了，谈分手哪会如此容易？她究竟是舍不得，照样是等他回来，和他一起偷偷去另一个城市旅行，只有在另一个城市里，他才敢在光天化日下牵着她的手，那种牵手的感觉真是好，常常让她有流泪的冲动。

她明白，说到底，她只是一个情人而已。

有一次，她提出去一次他的家，当时，他的妻刚好回了娘家。

执拗不过她，他带她去了。

一进门，他脱掉外套，然后摘下领带，换了拖鞋。她站在门口，呆呆地看着他，一下子愣了。

几个细微的动作让她一下子崩溃了！他是回家了。只有回家了才会脱外套摘领带换拖鞋，而去她那里，他没有一次这样做过！

如果脱衣服也是因为要和她缠绵，那是情不自禁脱掉的，而每次事后，他才会慌张地找拖鞋。

她心酸地站在门口，他边往里走边说："看，她这人干净，哪里都收拾得井井有条，看，这是我们家的小客厅，这是我们家的厨房，这是我们家书房……"

她忍了好久的泪终于扑簌簌掉下来了。

她知道，五年算什么？再过五十年他都不会离婚，一直，男人是把这里当作了家啊，一个有家的男人，他怎么会轻易离婚！

他继续说着，并没有注意到她的神态，等他回头时，才发现人去楼空，跟他来的女子已经飘下楼去。

是应该说再见的时候了，她回头望着那橘黄色的窗帘，知道自己应该退出了，那始终不曾露面的他的妻子，她自认为是情敌的女人，以一个家就打败了她，她输得体无完肤！她拿出手机，给他发了一条短信：情人再见。

那再见，不是真的再见，而是永远的不见。

水和鱼的故事

鱼儿从小就是一个顽皮的孩子，她从不像别的孩子那样安静。她喜欢在水里蹿来蹿去，先是个50米冲刺，然后来一个急刹车或是一个急转弯。每每这时，水儿总是微笑地看着鱼儿……有时，鱼儿会碰到一些令人丧气的事，但在这时，温柔的水儿总是静静地倾听着，抚慰着鱼儿。

白天，水儿把鱼儿轻轻抛起，让她跃出水面，看看外面的世界，然后再将她稳稳地接住。到了夜里，水儿就成了最温暖的摇篮，他总是轻轻地摇晃，哄着鱼儿让她入睡。在夏天的夜晚里，水儿总是会将鱼儿拖到水面。

鱼儿渐渐长大了，她发现心里有一样东西让她牵挂——那就是水儿。一天，鱼儿终于鼓足了勇气告诉了水儿她喜欢他，水儿却沉默了。"你为什么不说话？"鱼儿问。水儿仍旧沉默着，只是开始轻轻地摇着头。妈妈说鱼儿不能爱水。这是大自然的规律，就好像斑马只能爱斑马，花豹只能爱花豹；条纹的只能爱条纹，斑点的又只能爱斑点，而斑点却是永远不能爱条纹的。

鱼儿不明白，如果条纹真的爱上了斑点，飞鸟真的爱上鱼而鱼

儿真的爱上水，那又该如何呢？她吐着泡泡对水说："我爱你！"水儿再次沉寂，鱼儿没有再说什么，只是静静地躺在了水的怀里……

许久，鱼儿终于开口打破了沉寂："你看不见我眼中的泪，因为我在水中"。水说："我能感觉到你的泪，因为你在我心中"。鱼儿急了："那你为什么不爱我？"水却只能说："我不能爱你，我居无定所，时常到处漂流，你和我在一起会很辛苦的！"

鱼儿又坚定地说："我不怕，我要永远和你在一起！"可是，水终究逃不过漂流的命运，他流入了一条大河，鱼儿一直寸步不离地陪着他。他们相拥着绕过暗礁和险涛，流过江湖，跃下瀑布，流入一条小溪中。一路上，水儿将鱼儿轻轻抛起，又接住；再抛起，再接住，就这样嬉闹着。水流越流越慢，最后竟快断流了！

"太好了，我们终于可以定居了！"鱼儿欢呼雀跃。

"不行，水面太浅，太危险了，趁现在还有退路，你赶快往回游吧！"水儿紧张地说。

"不，不管怎样，我决不离开你！"鱼儿坚决地说。

为了减少水的蒸发量,白天,鱼儿静静地躺在水的怀里,不做任何运动。到了夜里,星星全落到了水里,鱼儿才开始嬉戏,把星星一颗颗吞进去,又吐出来,再吞进去,再吐出来,乐此不疲。六月,火红的太阳照射着水面,尽管他们做了各种努力,可水儿还是在一点一点地蒸发。鱼儿的脊背渐渐地露出了水面,水儿努力地激起了波澜,湿润着她的脊背,不让太阳将她灼伤。可是这样,更加加速了水的蒸发。终于,最后的一滴水也离开了鱼儿。鱼儿躺在了龟裂的土地上,奄奄一息。鱼儿的心脏在完成了最后一次跳动时,一滴眼泪从脸颊滑落。突然,天空划过一道闪电,在几声响雷之后,大雨倾盆而下,鱼儿又回到了水的怀抱,水儿呼唤着鱼儿,可是鱼儿再也没有醒来,水带着悲伤的心情载着鱼儿像风一样地奔驰,撕裂心肺的哭声,任谁都可以听到……

水儿载着鱼儿,奋力奔跑,流到了一棵干枯的小树旁。水儿侵入了泥土里,把鱼儿的身体埋进了泥土,水儿对着鱼儿已腐烂的尸体轻轻地说:"我们不用再到处奔流了,我找到了你的住所,从今以

后，你中有我，我中有你……"

不知道过了多长时间，树顶上长出了嫩绿色的新芽，在那上面有一滴水珠，阳光下闪闪发亮，那是鱼儿流下的眼泪……

鱼说："你看不见我眼中的泪，因为我在水中"。

水说："我能感觉到你的泪，因为你在我心中"。

鱼对水说："我一直在哭泣，可是你永远都不知道，因为我在水里"。

水说："我知道，因为你一直在我心里"。

鱼对水说："我永远不会离开你，因为离开你，我无法生存"。

水对鱼说："如果没有鱼，那水里还会剩下什么？"

鱼对水说："我很寂寞，因为我只能待在水里"。

水说："我知道，因为我的心里装着你的寂寞"。

鱼对水说："一辈子不能出去看看外面的世界，是我最大的遗憾"。

水说："一辈子不能打消你的这个念头，是我最大的失败"。

鱼对水说："在你的一生中，我是第几条鱼？"

水说："你不是在水中的第一条鱼，可却是我心中的第一条"。

鱼对水说："你相信一见钟情吗？"

水说："当我意识到你是鱼的那一刻，就知道你会游到我的心里"。

鱼对水说："为什么每次都是我问你答？"

水说："因为我喜欢在回答中让你了解我的心"。

前世欠你一滴泪水

第一世

在恐龙灭绝之后不久,她爱着他,他不知道。

她把最甜美的果子喂到他嘴里的时候,他不知道。

她把最精美的兽骨项链挂在他的脖子上的时候,他还是不知道。

甚至当她温柔地依偎在他怀里,带着笑容睡去的时候,他还是不知道。

他穿着这个族里最漂亮的兽皮衣服,戴着这个族里最漂亮的兽骨项链,身边还跟着这个族里最漂亮的女人,但是他还是不知道这些是因为她爱他。

对这些他好像习以为常了。习以为常不是一件好事,有好多该发现的东西没发现,有好多不寻常的事因习以为常变得寻常了,于是他还是过着寻常的日子,他还是不知道这一切并不寻常。

在那时候,和外族的战争是不可避免的。胜利者得到奴隶和生存的权利,失败者注定要失去一切。这是自然的规律。

在无数次氏族战争中的某一次,他们战败了。有的人则失去了自由,有的人失去了生命。

通常失去生命的是男人,失去自由的是女人。

被俘虏的男人等着被杀,女人则等着被某个异族男人领回他的

洞穴。

她知道，这样一来，他们更不可能在一起了。她和他都将成为异族的奴隶，奴隶是没有自由的。

她没想到他可能被杀。当她看着他在异族人的刀下倒下去的时候，她哭了。

她曾经为他哭了无数次，只有这一次是当着他的面，因为那一刻，她的心真正地碎了。

她曾经为他哭了无数次，只有这一次他看见了，直到那一刻，他才明白原来一切都非比寻常，他才知道她爱他。他在心里说，我欠你一滴泪。但是他此时已经无法为她做什么了，因为他死了。

异族的首领发现有个女俘虏死了，据说是因为心碎而亡。

第二世

他是一只飞鸟，她是一条游鱼。

他们相爱着，但是他们却无法见面。

于是他去找神——飞鸟是最接近神的动物。

神对他说："你们的姻缘是三生三世的，这是第二生，既然这辈子没指望了，还是等下辈子吧。"

鸟没有眼泪，但是他的心在哭。

神轻轻叹了口气："我看见你的心在流泪。我可以用法力让你能够流泪，但是你要记住，只有一滴。"

过了一会儿，神又说："我再告诉你一个不是办法的办法吧，据以前的神说，只要大海干枯了，水里的游鱼就会变成飞鸟……"没等听完，他马上就飞走了。

看着他的身影，神自言自语："哎，我又说谎了。"

在此后的日日夜夜，他抑制着自己思念的眼泪，并且叫着"不哭！不哭！"不停地衔着石头投到海里。

在心里，他无数次地看见海干枯了，她变成了鸟，然后他对着她流下那一滴珍贵的眼泪，对她说："我爱你！"但，这一切都只在心里出现过。

有人说他是布谷鸟，提醒大家及时播种；有人说他是精卫鸟，是为了复仇才要填平大海。

他们都错了！因为他们不知道这是三生三世的爱情。

直到有一天，他要倒下了，虽然他不相信海是填不干的，但是他确实筋疲力尽了。

他感觉自己要哭了，他拼命地抑制自己，他声嘶力竭："不哭！不哭！"

他挣扎着最后一次飞向大海——他要沉在海里。

他渐渐地沉向海底，在生命最后的一刻，他看见了她的身影，她也看见了他。

但是他们却看不见彼此的眼泪，因为他们都在水里。

第三世

当她还是鱼的时候，她发誓要变成飞鸟。于是第三世她成了一只飞鸟。他呢？这一世他是一只小飞虫。

这次是她拜访了神。神对她说："这是你们最后一世的姻缘，也是最后的机会了。过了这一世，你们彼此将相忘于江湖。"

神又一次看见鸟的心里在流泪，于是对她说："在他的第三世，你会遇到危难，到时候他会穿着金甲圣衣救你于水火之中，然后还你一滴眼泪。"

风，把她和神的对话送到他的耳朵里。他笑了，他知道他终于可以在这第三世见到她了。这样，那些话、那滴泪，都可以送给她了。

在这一世，他们互相寻找。向左、向右，不断地选择着方向。

不止一次，他们在同一条路上飞过，但是时间不同。

不止一次，他们在即将相遇的时候，选择了相反的方向，就此错过。

他们彼此追逐，他们无数次重复着对方的路线，但他们也无数次地错过相遇的机会。

天空实在太广阔了。

冬季的某一天，风告诉他，她在朝着他飞来，叫他在这等着。

他欣喜若狂，生怕错过了她，便偎在一棵松树上四处张望。他发现有时候阳光竟是那样的灿烂。这两世，他是第一次有时间注意到这件事情。

这时太阳注意了到另一件事：他快死了！因为没有任何一只飞虫能度过冬天，他等不到她了。

他也开始感到自己要死了。他恨，恨飞虫的寿命太短暂；他恨前世的飞鸟不能游泳；他恨自己那么晚才明白她爱着他。

他快死了，但是它不能死，因为这是他们姻缘的最后一世！

那么金甲圣衣呢？那么那一滴泪呢？难道神又一次说谎了？

她终于飞过来了，但是他的生命也在急速地流逝。

看到这一切，他依偎着的那棵松树哭了。松树的眼泪是一滴松脂，这滴眼泪正好把他包围起来，紧紧地，使他的生命不再流逝，他因此保住了最后的一点生命力。但是同时也失去了行动的自由。

这是最后一世了。谁也不能眼睁睁看着他们再次错过。

她飞来了,他喊,但是他喊不出声,松脂已然凝固。

她看见有个金黄的东西,是那样地耀眼。但是她错过了,因为在她心里,多耀眼的东西也没有他重要。

最后一世,他们就这样错过了。

在她筋疲力尽倒下的时候,太阳哭了,因此天阴了;风哭了,因此下雨了。

其后

时光在不顾一切向前飞奔,轮回照样进行。

千年的轮回,使松脂变成了琥珀,而他,还有着最后的那一点点生命力活在他的第三世。只要琥珀不被打碎,他就会一直活在第三世,守望着那段姻缘。

无数次轮回之后,她又变成了女人。

但是她早已忘记了那段三生三世的姻缘,她有了另一个心爱的人,他们幸福地在生活一起。

有一天,她的男朋友看见了这只琥珀,买下来做成项链送给她。她把它挂在了脖子上。

这是第一次,他们又能这样如此亲近地贴在一起,但是他已经不能说话,她也早已忘记了他。

看着她和男朋友幸福地生活,他有时候很嫉妒,有时候很开心,但更多的是悔恨——如果自己早一点明白的话,他和她早就可以这样幸福地生活在一起了。他无数次地哭泣,但他已没有了眼泪。

有一天,她所在的公司失火了,她爬上了顶楼,拼命地逃,但火势很大,她的脚下已是一片火海。

火神咆哮着:"我还要吞噬一条生命!"

她听不到,因为她已不是远古的生物。

但他听到了,因为他还活在他的第三世。

那一刻,他蓦然想起千年之前神的话语:"在他的第三世,你会遇到危难,到时候他会穿着金甲圣衣救你于水火之中,然后还你一滴眼泪。"

原来如此!

奔跑中,她感到脖子上的项链突然断掉了,但是她无暇顾及,她要跑出去,她的男朋友还在等着她。

她不知道,在她身后的火海里,那只琥珀融化了,从琥珀中冒出一个气泡——那是他在松脂凝固之前为她流下的一滴眼泪,这滴眼泪在千年之后被火神释放了出来。

不用问他怎么样了,就算没有火海,他的生命力也会因为琥珀的破碎而消失。

火神吞噬了最后一条生命,在她的背后止步。

她奔出火海,扑到男朋友的怀里哭了。人们都说她能从大火里

逃生真是奇迹。

她的男朋友抱着她哭了,大声地说:"我爱你"。她周围的人都很清楚得听到了,但是没有一个人听到火海里那只千年之前小虫的临终话语,那也是一句:"我爱你!"

神在天空中望着这一切,"在他的第三世,你会遇到危难,到时候他会穿着金甲圣衣救你于水火之中,然后还你一滴眼泪。"千年前他说的话在自己耳边了响起。

神哭了。

此后她和男朋友生活得一直都很幸福,但她不知道这是因为神为她哭过的原因。

轮回继续,生命继续……

唯一不再继续的,是那段被遗忘的三生三世的姻缘。

银戒指

那不是一枚普通的戒指,于她而言,甚至比生命还重要,因为那不是一句爱情的信物就能解释的。

那时,他们一贫如洗,两个刚刚毕业的穷学生住在北京的地下室里。冬天的时候,两人一起去地铁站取暖,因为地下室里没有暖气。常常,他们把超市里剩下的菜买回来,不放什么油,只用水煮煮就吃掉。但是他爱她,记得在她生日的时候给她买个红苹果;记得在情人节时买一枝打折的玫瑰送给她,所以,她觉得自己跟了他真是值。

　　终于提到婚嫁了，他们除了地下室的被子和移动衣柜外几乎一无所有。但是他觉得应该给她买一样东西，那小小的戒指，象征的是天长地久，可以把自己的爱人拴住，一生一世爱相随、情相依。但那时他们太穷了，刚刚只能吃饱饭。当他们牵着手去逛街时，她总是在卖戒指的橱窗稍作停留就尽快躲开，她怕他为难。那才是他最难过的时刻，他想，好日子会来的，但现在，他即使再穷，也一定要送给她一枚戒指。

　　终于，他想到了一个办法。他去卖了血，用卖血的二百块钱给她买了一枚十分精致的银戒指。当她把这枚银戒指戴在手上时，高兴的样子让他心疼。

　　结婚那天，他们只请了几个同学和朋友吃了顿饭就算结过了。她一直追问哪里来的钱，而他说是从同学那里借来的。

　　直到婚后的一天，她收拾屋子，从抽屉最里边看到了一张单子，那是一张卖血的单子！她的眼泪轰然而落。这个男人所给予她的，岂止是一枚戒指？她想，为了这枚戒指，她就值得和他生死相随。

　　十年之后，他成了有名的房地产老总，名车名房，钱多得数不清，女儿去国外读书，什么都是新的，自然，身边也多了新人。

　　很多时候，是她一个人守着空房子，守着有了钱的寂寞回忆过去。她开始有了很多戒指，那是他买给她的，但是，她最喜爱的还是这枚已经有点褪色的银戒指。那上面刻着两颗心，那上面，有着太多刻骨铭心的记忆。

　　一次，他带她去参加一个应酬，这种场合都要带太太的。虽然他不再爱她，但她依旧是他的太太，这是不可更改的。而她虽然不再年轻，可是依然那么朴素美丽。去的那些太太们，个个珠光宝气，

95

每人的手上都有两枚以上的钻戒在闪闪发光，只有她，一身黑衣手上戴着那枚银戒指。他觉得寒酸，丢了自己的脸，于是找个机会把她拉到一边，从包里掏出一枚亮闪闪的钻戒送给她。本来，这枚新戒指是要送给他的一个情人的，但现在只好救急了。

她笑着，拒绝了。

他嚷着："你就愿意这么穷酸是吗？你不知道丢人吗？好像咱们家没钱似的。"

她盯着他说："知道我为什么一直戴着这枚戒指吗？知道我为什么纵容你去欢场上纵情而没有和你离婚吗？那是因为我曾发誓要和你厮守终身，因为我知道这枚戒指是一个人卖血为我换来的！"

他呆住了，眼泪"哗"地流下来了。他走过去搂住自己的妻子说："走吧，我们就戴着它！"

他一直以为她不知道这个秘密，原来，她一直在用自己的爱呼唤着他。那天晚上，他始终陪着自己的妻子跳舞，这个在他心中已经不美丽的女人，突然之间让他懂得了：夫妻之间那种爱，已成为一朵美丽纯洁的莲花悄悄地芬芳着，而他却一直没有闻到。直到听了妻子的那些话他才知道，爱一个人，原来可以爱到忘记一切。

鱼和刺猬的爱情

一只孤独的刺猬常常独自来到河边散步。杨柳在微风中轻轻地摇曳，柳絮纷纷扬扬地飘洒下来，这时候，年轻的刺猬会停下来，

望着水中柳树的倒影,望着水草里自己的影子,默默地出神。

一条鱼静静地游过来,游到了刺猬的心中,揉碎了水草里的梦。"为什么你总是那么忧郁呢?"鱼默默地问刺猬。

"我忧郁吗?"刺猬轻轻地笑了。鱼温柔地注视着刺猬,默默地抚摸着它的忧伤,轻轻地说:"让我来温暖你的心。"就这样,鱼和刺猬恋爱了!

刺猬说:"我要把身上的一根根刺都拔掉,我不想我们拥抱的时候我刺痛你"。鱼说:"不要呀,我怎么忍心看你那一滴滴流淌下来的鲜血?那血是从我心上淌下来的"。刺猬说:"因为我爱你!爱是不需要理由的"。鱼说:"可是你拔掉了刺就不是你了。我只想给你以快乐……"刺猬说:"我宁愿为你一点点撕碎自己……"

刺猬在一点点拔自己身上的刺,每拔一下都是一阵揪心的疼,

每次都疼在鱼儿的心上。鱼儿渴望和刺猬做一次深情的相拥，它一次次地腾越而起，每一次的纵身都是为了每一次的梦想，每一次的梦想都是每一次跌碎的痛苦。

鱼对上帝说："怎样才能让我有一双脚？我要走到爱人的身旁。"上帝说："孩子，请原谅我的无能为力，因为你本来就是没有脚的"。转身鱼说："难道我是爱错了？"上帝说："爱永远没有错"。鱼说："要如何做才能给我爱的人以幸福？"上帝说："请转过身去！"鱼毅然游走了，在辽阔的水域下，鱼闪闪的鳞片渐渐消失在刺猬的眼睛里。

刺猬说："上帝呀，鱼有眼泪吗？"上帝说："鱼的眼泪流在水里。"

鱼问上帝："上帝呀！爱是什么？"

上帝说："爱有的时候需要放弃！"

两个傻子的爱情故事

从前有这样的一个故事，故事的主角是两个傻瓜。男的好傻，傻的只知道说疯话，女的也好傻，傻的只知道用那双无神的眼睛看着男的傻笑。

两个人本来不认识，他们一个天南，一个地北。家里人嫌他们傻，都抛弃了他们，任他们四处流浪。男的从南往北走，女的从北往南走，都一直流浪着……男的以前并不傻，是因为在工地上干建

筑的时候被砖砸中了头,从那以后就傻了。女的以前也不傻,考大学的时候她考了全市第一名,然而她的名字却被一个有钱人给顶替了,从那以后女的就不再说话,不再理自己的父母,后来也傻了。

不知道走了多长的时间,男的身上的那身衣服变得肮脏不堪,鞋子也露出了那漆黑的脚指头。女的身上那身红衣服已经变成了灰色,散乱的头发上还有几根枯黄的杂草,但是脸还是白的,而且是出奇的白。她手里拿着一个矿泉水瓶,冲着路人们傻笑。两个人是在一个黄昏相遇的。他们共同发现了垃圾桶里的一块发了霉的面包,一同伸手去抓那个面包,于是两个人的头碰到了一起,男的冲女的狠狠地瞪了一眼,女的冲男的傻笑。最终男的胜利了,他抢到了面包,张开那黑紫色的嘴狠狠地咬了一口,女的没有动,只是傻傻地看着男的。男的看了一眼女的,眼神中没有一点光,女的只是看他,喉咙里不停地咽着唾沫。男的停止了啃面包,开始看着女的,傻傻地盯着,两个傻子就这样看着,男的脸上没有表情,女的一直在傻笑。最后男的把面包给了女的,女的抱着那剩下的半块干面包啃了

起来。男的转身走了，没有回头。当他回到自己睡觉的那个废厂房的时候，转身突然看到了女的，原来女的一直跟着他，一直跟到了这里。女的还是冲男的傻笑，他们不说一句话，女的便跟傻子住在一起了。晚上睡觉的时候，男的感觉身上很温暖，这是从来没有过的。女的一直搂着男的，女的睡觉时候很死，睡觉的样子真的不像个傻子。

两个傻子就这样住到了一起。白天两个人一起去大街上拣东西填饱肚子，晚上就一起回来睡觉，日子就这样一天天过去了。有一天晚上男的不知道是在哪里拣了一个戒指，那是一枚生了绿锈的戒指，男的给女的带上了，女的一直冲男的傻笑，那晚笑得更是厉害，女的笑声撕裂了整个安静的夜。后来笑出了泪，女的哭了，第一次哭了，搂着男的哭了，不明不白地哭了。男的好像无动于衷，脸上依然是没有表情。

后来女的病了。从来没生过病的女的病了，而且很严重，早晨她没有起来陪男的一起去拣吃的，没有冲男的笑，男的自己出去了，中午男的竟然例外地回来了，手里拿着一瓶新的矿泉水和一个新的面包。他是回来看女的的，男的脸上挂了伤，手指头也青了，鼻子下面还有两道血痕。男的是在抢面包和矿泉水的时候被小摊的老板打的。女的闭着眼睛，还是没有像往常一样冲男的傻笑。男的把面包送到女的嘴边，女的没有吃。女的快不行了，身上发着高烧，已经昏迷了，男的脸上头一次有了表情，一种慌乱的表情，男的跑了出去，看见一个穿西服的人就哭了起来。男的哭了，这也是他第一次哭了，嘴里喊着："救救我的女人，救救她！"黑西服一脚踹开了男的，骂道："滚一边去，疯子，我真倒霉，出门这么不顺呢！"男的仰面倒在了地上，黑西服狠狠地朝男的小肚子踹了几脚，男的撒

了手，黑西服朝男的吐了口吐沫，走了。男的好久才从地上爬起来，脸上的泪已经干了。

男的把女的背到了街上。街上人很多，但很少有人注意他们，注意他们的人也只是冷冷地瞅几眼，然后继续赶自己的路。傻子把女的放在路边上，无助地看着行人。女的呼吸已经很微弱了，男的从路边拣了一个破玻璃片，破玻璃片有着锋利的尖，露着寒光。男的抬起女的那瘦弱脏兮兮的手臂，朝她的手腕狠狠地割了下去，血喷了男的一脸，男的大笑，狂喊："哈哈，我杀人了！你们看我杀人了……"救护车终于来了，女的被抬走了，围观的人们唾弃着男的、骂着男的，然后都散去了。女的最终还是死了，失血过多。女的在医院还没呆上一个小时就被抬进了停尸间，女人走的时候脸上的表情是笑着的，手指上还戴着那长满铜锈的戒指。男的等了好长好长时间，女的再也没有回来，没有回来冲他傻笑，男的哭了，哭得那样痛快，整个夜晚都被男的的哭声掩盖了，然而谁也没有注意到这哭声。

还是在那个他们相遇的那个垃圾桶旁边，人们发现了男的的尸体，男的脸上的笑容已经僵住了，怀里抱着一个发了霉的面包和一个没有开瓶的矿泉水……

蜘蛛和佛的故事

从前，有一座圆音寺，每天都有许多人上香拜佛，香火很旺。

在圆音寺庙前的横梁上有个蜘蛛结了张网，由于每天都受到香火和虔诚的祭拜的熏托，蛛蛛便有了佛性。经过了一千多年的修炼，蜘蛛佛性增加了不少。

忽然有一天，佛祖光临了圆音寺，看见这里香火甚旺，十分高兴。离开寺庙的时候，他不轻易间地一抬头，看见了横梁上的蜘蛛。

佛祖停下来，问这只蜘蛛："你我相见总算是有缘，我来问你个问题，看你修炼了这一千多年来，有什么真知灼见。怎么样？"

蜘蛛遇见佛祖很是高兴，连忙答应了。

佛祖问到："世间什么才是最珍贵的？"

蜘蛛想了想，回答到："世间最珍贵的是'得不到'和'已失去'。"

佛祖点了点头，离开了。

就这样又过了一千年的光景，蜘蛛依旧在圆音寺的横梁上修炼，它的佛性大增。

一日，佛祖又来到寺前，对蜘蛛说道："你可还好，一千年前的那个问题，你可有什么更深的认识吗？"

蜘蛛说："我觉得世间最珍贵的是'得不到'和'已失去'。"

佛祖说："你再好好想想，我会再来找你的。"

又过了一千年，有一天，刮起了大风，风将一滴甘露吹到了蜘蛛网上。

蜘蛛望着甘露，见它晶莹透亮，很漂亮，顿生喜爱之意。

蜘蛛每天看着甘露很开心，它觉得与甘露一起的日子是这三千年来最开心的几天。

突然有一天，刮起了一阵大风，将甘露吹走了。蜘蛛一下子觉得失去了什么，感到非常寂寞和难过。

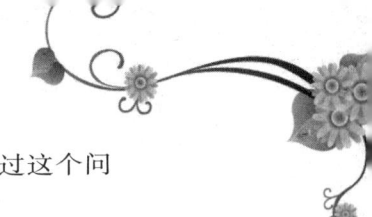

这时佛祖又来了,问蜘蛛:"这一千年,你可好好想过这个问题:世间什么才是最珍贵的?"

蜘蛛想到了甘露,对佛祖说:"世间最珍贵的是'得不到'和'已失去'。"

佛祖说:"好,既然你有这样的认识,我让你到人间走一趟吧。"

于是,蜘蛛投胎到了一个官宦家庭,成了一个富家小姐,父母为她取了个名字叫蛛儿。

一晃,蛛儿到了十六岁了,已经成了个婀娜多姿的少女,长得十分漂亮,楚楚动人。

这一天,当年的新科状元郎甘鹿中第,皇帝决定在后花园为他举行庆祝宴席。来了许多妙龄少女,包括蛛儿,还有皇帝的小公主长风公主。

状元郎在席间表演诗词歌赋,大献才艺,在场的少女无一不被他折倒。但蛛儿一点也不紧张和吃醋,因为她知道,这是佛祖赐予她的姻缘!过了些日子,说来很巧,蛛儿陪同母亲上香拜佛的时候,正好甘鹿也陪同母亲而来。上完香拜过佛,二位长者在一边说上了话。

蛛儿和甘鹿便来到走廊上聊天,蛛儿很开心,终于可以和心里喜欢的人在一起了,但是甘鹿并没有表现出对她的喜爱。

蛛儿对甘鹿说:"你难道不曾记得十六年前,圆音寺的蜘蛛网上的事情了吗?"

甘鹿很诧异,说:"蛛儿姑娘,你漂亮,也很讨人喜欢,但你想象力未免丰富了一点吧。"说罢,和母亲离开了。

蛛儿回到家,心想,佛祖既然安排了这场姻缘,为何不让他记得那件事,甘鹿为何对我没有一点的感觉?

几天后，皇帝下诏，命新科状元甘鹿和长风公主完婚；蛛儿和太子芝草完婚。这一消息对蛛儿如同晴空霹雳，她怎么也想不通，佛祖竟然会这样对她。几天来，她不吃不喝，灵魂就将出壳，生命危在旦夕。

太子芝草知道了，急忙赶来，扑倒在她的床边，对奄奄一息的蛛儿说道："那天，在后花园众姑娘中，我对你一见钟情，于是我苦求父皇，他才答应让我娶你。如果你死了，那么我也就不活了。"

他说着就拿起了宝剑准备自刎。

就在这时，佛祖来了，他对灵魂快要出壳的蛛儿说："蜘蛛，你可曾想过，甘露（甘鹿）是由谁带到你这里来的呢？是风（长风公主）带来的，最后也是风将它带走的。甘鹿是属于长风公主的，他对你不过是生命中的一段插曲。

而太子芝草是当年圆音寺门前的一棵小草，你在圆音寺修炼了三千年，他也陪伴了你三千年，他足足看了你三千年，爱慕了你三千年，但你却从没有低下头看过它。

蜘蛛，我再来问你，"世间什么才是最珍贵的？"

蜘蛛听了这些真相之后，好像一下子大彻大悟了。

于是她对佛祖说："世间最珍贵的不是'得不到'和'已失去'，而是现在能把握的幸福。"刚说完，佛祖就离开了，蛛儿的灵魂也回位了，她睁开眼睛，看到正要自刎的太子芝草，便打落了太子手中的宝剑……

故事结束了，你能领会佛祖和蛛儿最后一刻说的话吗？

"任何的事，最珍贵的都不是'得不到'和'已失去'，而是每一时每一刻的能把握，才是一种最值得珍贵的幸福。"

一辈子一个承诺

有一个女孩子，小的时候因麻痹下肢瘫痪，常年只能坐在门口看别的孩子玩，内心非常寂寞。

有一年的夏天，邻居家城里的亲戚来玩，带来了他们的小孩，那一个比女孩大五岁的男孩。因为年龄都小的关系，这个男孩和附近的小孩很快打成了一片，跟他们一起上山下河，一样晒得很黑，笑得很开心，不同的是，他不会说粗话，而且，他注意到了一个不会走路的小姑娘。

男孩第一个把捉到的蜻蜓放在女孩的手心，第一个把女孩背到了河边，第一个对着女孩讲起了故事，第一个告诉她，她的腿是可以治好的。第一个，仔细想来，也是最后一个。

女孩难得地有了笑容。

夏天快要结束的时候，男孩一家人要离开这里回城了。女孩眼泪汪汪地来送，在他耳边小声地说："我治好腿以后，嫁给你好吗？"男孩点点头。

一转眼，二十年过去了。男孩由一个天真的孩子长成了成熟的男人。他开了一间咖啡店，有了一个未婚妻，生活很普通也很平静。有一天，他接到一个电话，一个女子用细细的声音对他说她的腿好了，她来到了这个城市。一时间，他甚至想不起她是谁，因为他早已忘记了童年某个夏天的故事，忘记了那个脸色苍白的小女孩，更忘记了一个孩子善良的承诺。

可是，他还是收留了她，让她在店里帮忙。他发现，她几乎是终日沉默的。

可是他没有时间关心她，他的未婚妻怀上了不是他的孩子。他羞愤交加，扔掉了所有准备结婚用的东西，日日酗酒，变得狂暴易怒，连家人都疏远了他，生意更是无心打理，不久，他就大病一场。

这段时间里，她一直守在他的身边，照顾着他，容忍他酒醉时的打骂，独立地撑着那间摇摇欲坠的小店。她学到了很多东西，也累得骨瘦如柴，可在她的眼里，总跳跃着两点神采。

半年之后，他终于康复了。面对她做的一切，非常感激。准备把店送给她，可她执意不要，他只好宣布她是这家咖啡店一半的老板。在她的帮助下，他又慢慢振作了精神，他把她当作是至交的好友，掏心掏肺地对她倾诉，她依然是沉默地听着。

他不懂她在想什么，他只是需要一个耐心的听众而已。

这样又过了几年，他也交了几个女朋友，可相处的时间都不长。他找不到感觉了。她也是一直独身。他发现她其实是很素雅的，风韵天成，不乏追求者。他笑她心高，她只是笑笑。

终有一天，他厌倦了自己平静的状态，决定出去走走。拿到护照之前，他把店里的一切正式交给了她。这一次，她没再反对，只是说，为他保管，等他回来。

在异乡漂泊的日子很苦，可是在这苦中，他却找到了开阔的眼界和胸怀。过去种种悲苦都云淡风轻，他忽然发现，无论疾病或健康，贫穷或富裕，如意或不如意，真正陪在他身边的，只有她。他行踪无定，她的信却总是跟在身后，只字片言，轻轻淡淡，却一直觉着温暖。他想是时候回去了。

回到家的时候他为她的良苦用心而感动。无论是家里还是店里,他的东西他的位置都一直好好保存着,仿佛随时等着他回来。他大声叫唤她的名字,却无人应答。

店里换了新主管,他告诉他,她因积劳成疾去世已半年了。按她的盼咐,他一直叫专人注意他的行踪,把她留下的几百封信一一寄出,为他管理店里的事,为他收拾房子,等着他回来。

他把她的遗物交给他,一个蜻蜓的标本,还有一卷录音带,是她的临终遗言。

带子里只有她回光返照时宛如少女般的轻语:

"我……嫁给你……好吗?……"

抛去二十七年的岁月,他像孩子一样号啕大哭起来。

没有人知道,有时候,一个女人要用她的一生来说这样一句简单的话。

生活就像洋葱,一片一片地剥开,总有一片会让我们流泪。

落基山的雪

那时是很多年以前一个冬天的早晨，太阳很灿烂地照耀着雪后的风景。在落基山脉普利斯特里山谷附近，年轻英俊的橄榄球运动员卡罗吻着他心爱的未婚妻贝蒂，用极其温柔的声音说："让我们享受圣母玛丽亚带给我们的快乐，明天我们就要踏上教堂的红地毯，你将是我永远的新娘了！"

贝蒂含羞地依偎在卡罗的胸前，什么也没说，她早已沉醉在诗一般甜蜜浪漫的幻想中了。

卡罗和贝蒂情意绵绵了一会儿，然后开始滑雪。现在，他们终于拥有一片自由而绚丽的天空了，他们因过度的激动而变得有些战栗，以至于当太阳已悄悄地在厚重的乌云后面藏起它的脸时，他们仍然乐而忘返。但是很快两个人就迷了路，闯入一块也许从来就没有人到过的雪城。

这已经是迷路的第二天。

一阵凛冽的寒风推搡着贝蒂单瘦的身躯，卡罗赶忙扶住她。贝蒂无力地说："亲爱的，我已经两天没吃东西了。也许，也许我就要撇下你，一个人先去见上帝。"卡罗阻止她再这么说，他把贝蒂抱到附近一个积雪半掩的山洞里，用从雪野上拾来的为数不多的树枝为贝蒂燃起了一堆生命之火。卡罗转身去外面弄吃的，但他回来时两手空空。在这样一个寒冷荒芜的季节里，在这样一个鸟兽罕至的山

谷中，哪儿来的食物呢？

落基山的雪呀，只是一个劲地落！它似乎要把这对年轻的恋人埋葬在嫉妒的深渊里！

就这样，两人又在饥寒交迫的痛苦中熬过了一日。贝蒂已变得极度虚弱。第二天上午，仍不肯放弃希望的卡罗又回到了山洞，此时他脸色苍白，脚步踉跄，左臂已不见踪影，只剩下血淋淋的残缺的袖管。贝蒂搂着心爱的恋人哭着询问，原来卡罗遇见一只觅食的棕熊，在与那头野兽搏斗时，卡罗的一条胳膊被残忍地咬掉了。贝蒂再也不奢望能够走出雪谷，两人紧紧依偎在一起，带着泪水也带着战栗的微笑，尽情享受着临别这个世界时最后的温存。

夜幕降临了，贝蒂沉沉入睡，然而当她在次日早晨醒来时，却发现火堆上放着一块烤肉。"我夜里逮到了一只冻僵的野兔。"卡罗神情疲惫地说。贝蒂于是狼吞虎咽地吃起来，卡罗却没有吃。贝蒂于是留了将近一半烧得漆黑的烤肉，准备在两人最需要的时候吃。

有了食物，上帝总算给两人的生存带来了一线生机。然而，卡罗因为昨日失血过多，再加上这几天体力消耗太大，他终于倒在了落基山的雪地上，再也没有站起来。

贝蒂是在卡罗永远逝去后的第五天下午被搜索小组救出来的。那时，她已两眼呆滞，形容枯槁。在萨斯卡通红十字医院的病房里，当一个教授想了解贝蒂何以在满地冰雪的绝境里坚持了这么久时，贝蒂说："是爱，还有这个！"她出示了她保存下来的小半截烤肉。

"这是人肉啊？"教授在凝视和检查了一会儿那截烤肉后大叫，"这是人的左臂！尽管已烧得模糊不清，但骨头的构造我还是辨别得出来！"

贝蒂的脸色霎时苍白无比，她又想起了落基山上晶莹的雪，想起了男友卡罗的痛苦的微笑和血淋淋的臂膀。她似乎看见了卡罗在锋锐的岩石上自戕的惨烈场面。她明白了，一切她都明白了！

贝蒂把卡罗送给她的那枚订婚的蓝宝石戒指，紧紧地捂在胸前，然后失声痛哭起来……

套在心上的戒指是爱情回家的借口

结婚后第三年，那些莫名的生活琐碎，日益累积起来，令他们的爱情有了裂缝。从争吵到冷战，然后分开，很短的一个过程，爱情被切成互不相隔的两片。出了街道办事处的门，他们彼此不肯多看对方一眼地分道扬镳了，一副从此便是天涯陌路客的决绝。

几天后,他回来拿属于自己的东西。几箱子书,几套衣服,他收拾了半天,慢得像蜗牛。甚至收拾完了,还在屋子里转悠,捡上一把小梳子,甚至一本过期的杂志。

她冷冷地想,爱情真是一种可笑的东西,相爱时,恨不得能把心送给自己。分开了,居然理智到一本旧杂志都不放过。

直到再也找不出属于他自己的东西了,他还是转来转去地不肯走,她拼命地想,还有什么没给他呢?

心里"哦"了一声,她想起来了,自己左手无名指上的戒指,是他送的,上面有一粒炫目的钻石。他们都曾天真地认为,自套在指上的一瞬间,它便代言了爱情。

她开始往下褪它,却怎么也褪不下来。大约,他是看在了眼里。于是匆匆地收拾好东西,竟也不要那戒指,转身出门而去了。戒指

后来终于褪了下来，可她的手指却肿了，套过戒指的地方有一圈浅浅的勒痕。

她没好气地把戒指扔在了洗手盆的上方，早上洗脸时，她习惯性地翘了下手指，翘完之后，才想起戒指已经被褪掉了。以前洗脸的时候，戒指的接口划伤过脸，让她养成翘手指的习惯，她笑了一下，心里忽然有点说不出的落寞。

拢头发时，她又习惯地翘了下手指，因为戒指的接口会把她梳整齐的头发挑出几根，她想，等以后习惯了不戴戒指就好了。

日子一天天过去了，她始终没有习惯不戴戒指的举止，总是下意识地翘一下手指。当发现手指上是光裸着的时候，内心感觉空落落的，然后，情不自禁地在脑海里浮上一些细节，绵绵软软的，很难受！

一次，她跟朋友在电话里说："怎么会这样呢？我明明已经把戒指拿下来了呀？"

朋友笑了笑说："戴在手上的戒指你可以拿掉，可是，还有一枚戴在你心里的戒指，你永远摘不掉。"她哑然了，后来，她流泪了。

一段日子的空落让她懂了与其赌气让爱情走了，不如用一个婉转的方式让爱回来，至少，他的名字不会是自己一生的疼。所以，她又把戒指套回了自己手上。倘若他回来拿东西，她就把这枚戒指翘给他看，或许，这就是最好的暗示了。

那天，他终于回来了，用拿东西做幌子，一眼之间，便望见璀璨在她手上的戒指，他们彼此谁也没有说话，只是轻轻会心一笑，然后，暖暖地拥抱就来了。

再后来，他告诉她，收拾东西那天，他的本意并不是想拿走所有属于自己的东西，只想拖延时间，给爱一个挽回的机会。

在漫长的生活里，有爱情暖着，某些阳光暖暖的午后，她偶尔会想到他们年老时候的光景：他依偎在她身边，有着一头的华发；穿越多年生活的她，此时心境安宁，回想着那些年轻气盛的争吵，在他们苍老的心里想起来，就像小孩子的打闹，让他们露出残缺的牙齿。所以，她如此的感谢，当时的他留下借口，让爱回家！

所以，当你摘不掉套在心上的戒指的时候，请一定一定，给爱留个回家的借口！

灰色的玫瑰花

男孩失恋了，因为女孩选择了别人。他好不甘心，每一天都沉迷在烟酒之中，虚度着生命。对他来说，这个世界已没有意义，生命早已失去了活下去的理由，除了痛苦，再也找不到别的什么了。

就在这个时候，上帝出现了，不知是因为同情，或者是怜悯。

"你有什么愿望吗？"上帝问他。

"带我到一个没有情的地方吧，我愿用自己的一生来换取一个月的时间。这个世界，已再也没有我存在的理由。"男孩沮丧地说。

"好吧。"上帝考虑了一下说："确实有这样一个世界，不过我也可以给你一个机会。"

"什么机会？"

"当你想要回来的时候，只要在这一个月内，让一个女子对你说'我爱你'，那么你就可以返回到这里。"

"我不会想要回来的。"男孩说。他笑着闭上了眼睛,迎接着那个新的世界,那个他自认不会再痛苦的世界,也不会再有爱的世界。

这个世界是灰色的,这是男孩的第一个反应。眼前的一切都没有色彩,但这或许正是男孩想要的世界吧!不会再有痛苦了。于是,男孩就这样住了下来,平静地接受,平静地等待着死亡。

直到那一天,平静被打破了,他看到了那个女孩,那个与他深爱着的女孩有着极其相似的相貌,甚至连声音,连习惯,连性格都如此相似的人。他愣住了,知道自己逃不开了,不管自己待在任何的地方,无论是曾经的世界,或者是这个灰色世界,自己永远都深爱着这个女孩,永远都忘不了。他想起了上帝给他的机会,于是告诉自己:"反正是无法忘记对她的感情了,那不要再放弃了,她在那个世界甩了我一次,那我就在这个世界将她追回来吧,然后将她带回去。我们一起回去。"

从此以后,男孩每天都会去找女孩。白天去她的花店买一束灰色的玫瑰送她,晚上就站在她的窗台下告诉她自己是多么喜欢她,每一天都没有停止过。可是女孩却从来没有答应过他,除了一口拒绝,连犹豫都没有过。男孩不明白,自己绝对不算差,女孩又没有男朋友,为什么不肯答应他?甚至连考虑一下都不曾,莫非她有什么难言之隐吗?

于是,男孩终于忍不住问女孩:"你为什么不肯给我一次机会呢?"

"因为,这里的玫瑰没有红色的呀。"女孩的回答中并不带任何的感情,却也不像在开玩笑。

男孩却更不明白了,灰色世界之中,永远只有灰色,又何来红色呢?可是,爱一个人,又与玫瑰的颜色有什么关系?如果爱情的

价值只是用玫瑰的颜色就可以衡量，那么，他又何必独自痛苦，又何必用一生来换取这一个月？他只知道，自从他们认识以来，女孩从没对他笑过，总是冷言冷语，更别说对自己说"我爱你"了，反而自己却在这个本应没有感情的世界之中越陷越深，不能自拔，为什么呢？这里不是应该没有痛苦吗？为什么会觉得如此的心痛？莫非，自己被上帝耍了么？用一生的生命，却换来一个月的痛苦，为什么？

男孩狂笑着跑出了花店，留下女孩一人，没有再回头看，却也因此，错过了女孩脸上的那一份无奈、一份痛苦、一份想要抓住他的冲动，因为女孩知道，这是不被允许的。

那一天，是一个月的最后一天，男孩躺在床上，等待着自己的死亡。这些日子，他再也没有去找过女孩，想要忘记，却忘不掉。心中不停地浮现出女孩的身影，是无奈、是痛苦，或者，只是对那个女孩的爱呢？不过这些已经不重要了，对一个快要死的人来说，一切都不会显得重要。

房间的门却在这时被推开了，而走进来的人，居然是那个他深爱着的女子，而她的手上，提着一篮已经谢去的灰色玫瑰。他知道，那是他每天送给她的。男孩惊讶得说不出话。"为什么？你为什么会来？"明知女孩并不爱自己，可是心中仍然不免一阵感动。

"傻瓜！"第一次，女孩不再用那冰冷的声音对他说话："你的期限只有一个月，如果我今天不来，不就是再也见不到了吗？"

"你走吧，我不需要任何人可怜，"男孩的眼中流露出一丝痛苦，居然一直到最后，他还是无法抓住自己心爱的东西："我的路是由我自己选择的。"

"那么，你后悔过吗？后悔来到这里？"女孩问他。

"后悔。选择来到这里,一开始就是个错误,我仍然无法不去爱上你,无法忘记你,无法不痛苦,也无法让你爱上我!"男孩的声音中隐藏着一份哭泣,可是却没人听得出,除了女孩。

"还不明白吗?在很早以前,我就已经爱上你了呀!"女孩笑了,笑中隐含着一份苦涩,却也带有一份轻松。

男孩不可置信地望着她,好一会儿,突然怒吼:"我说过我是不需要同情的!你根本不需要拿这种谎话来骗我!"

"我并没有骗你呀。"女孩站在那里,望着男孩:"从一开始,我已经爱上你了,从你买走第一朵灰色的玫瑰花开始。"

"不可能的!"男孩摇摇头:"否则,你为什么不早说,而一定要等到今天呢?"

"因为……"女孩凄然一笑:"我想要多和你在一起呀,想要和自己喜欢的人多在一起,在你们的世界,应该没有错吧?"

男孩摇摇头,他不明白,说与不说同在一起有什么关系呢?

"你忘记了你曾经的愿望吗?你要的是一个无情的世界。"女孩停住了,然后露出了她那最美的笑容,她知道,这是男孩一直想要看到的笑容,那是她送给男孩的最后一份礼物。"而在这个灰色世界里,除非是与上帝有过契约之人,像我这样的人,爱上一个人,并对他说那三个字的意义,就代表着生命的终结。"

男孩愣住了,在还没有来得及思考之时,女孩轻轻地对他说:"我不要你死去,所以,我爱你,只有今生,只在这里。"男孩猛地伸出手,想要抓住女孩,但却在风吹起的一瞬间,抓住了一把灰色的沙。灰色的玫瑰花瓣轻轻地飘落,落在他的手上,落在那灰色的沙上。

静静地捏着,紧紧地捏着,男孩终于知道自己犯了多么大的一

个错误。他轻轻地用刀划开自己的手臂，只想用血染红那灰色的玫瑰，但是却看到，即使是自己的血，也已经变成了灰色的了，只是缓缓地渗入那细细的灰沙之中。

"你后悔当初的决定了吗？"上帝总是来得最迟的一人。

男孩默然地抬起头，望着他点点头，又摇摇头："原来，最棒的世界还是原来的那一个呢！只因为，不管有多么的痛苦，那里，至少还拥有希望呀！"他说着望着那灰色的花瓣，却笑了，这是他自从失恋以来的第一个笑容。

"是吗？现在她已经对你说过我爱你，你可以回去了。"上帝笑着准备送他回去。

"已经不用了。因为，我并不后悔来到这里，不后悔当初的选

择，如果要我再选一次，我还是会来。"男孩望着手中的细沙与花瓣，"我的心，已经遗落了，回不去了。"

男孩站起来，又问上帝："可以给我一朵红色的玫瑰吗？"

"你忘了吗？灰色世界是不能有红色的。"

"是吗？看来我真的要求得太多了。"望着墙上的时钟，男孩将手中的细沙捏得更紧了，还有那灰色的玫瑰花瓣。

时钟敲了十二下，一切都不再存在了，只剩下随风飘动的细沙。远处飞来一张破纸，隐约地现出了当天的新闻。没有人知道，那里曾发生过什么。只是不知在什么时候，在墙角的沙堆之中，竟生出了一支红色的玫瑰，那样的鲜红，就像血一样……

爱情的底片

他是一个优秀的男人，硕士毕业后留校任教；女友漂亮聪慧，在一家出版社当编辑。两人中规中矩地相识了一年多，眼看着谈婚论嫁就要摆上议事日程了，忽然间，女友提出分手。

"为什么？"他一遍遍地问，好奇大于生气，"你究竟对我什么不满意？工作、学历还是家庭？或者是我的处世态度和生活作风有什么问题？""都不是。"女友说，"只是因为那张照片。"他的心不禁一颤。

那是一张极普通的照片，是他与一位女学生的合影。他常去一家成人进修学院讲课，每次讲课时，那个女学生都会坐在教室的最

前排，全神贯注地盯着他看。下课了就给他端一杯水，然后和一大帮同学围着他聊东聊西。他对她印象不错，和她在一起时也挺舒服，但也仅此而已。

"她端水给你时，你有什么感觉？"女友追问。

"学生给老师端水不是很正常吗？"

"那她盯着你看时呢？"

"也很自然啊，老师怎么能怕学生看？"

"那我盯你看看试试。"女友说道。然后便死死地盯住他。有几分试探，又有几分认真。"开什么玩笑。"他却觉得浑身不自在了，忙拿话题岔开。

不久，就出现了那张照片。那是一次课间休息时，一位同学随身带了一架相机，还剩下几张胶卷没拍完，便对着同学们胡乱抓拍，忽然看见他正和她说着什么，便顺手给拍了下来。不过拍得实在是不错：他和她的脸挨得很近，额头几乎抵着，两人目光相对，会心地微笑着。他的神情如暖暖的春风，她的神情如漾漾的春水。

"拍的时候，你在想什么？"自从见到这张照片，女友就絮絮叨叨地问。

"当时正在说话，哪里顾得上多想什么。"

"那么，你们在说什么？"

"不记得了。"他淡然道，"不过是一张照片，别太在意。"

"你们看来可是真的挺好。"女友的神情带着些微微的惆怅。

"那不过是一张照片。"他有些急了，"我现在就可以撕掉它！"

"撕掉照片容易，可是你能撕掉那个人吗？"

"我和她只是师生，至多算是朋友，"他气愤地说，"不信你可以去调查！"

"有些东西连你自己都没发现,我又能够去查什么?"女友幽幽地说,"相信我,我绝不是无中生有。她很适合你,你也很适合她。你之所以和她没有故事,是因为你在有意识地为我负责,从而无意识地把她关在了情感圈外。"

"你根本没见过她,怎么知道她适合我?"

"不要以为这张照片不算什么,有时候,一句话语、一个动作、一声叹息都足以暴露一切。"女友指着照片上的他和她说,"你仔细看看她的眉毛,她的眼睛,再仔细看看你的笑容,你的神情……你是喜欢她的,是不是?"

他沉默了。他从来没有想过这个问题。现在追究起来,他真是一点儿都不讨厌她,也可以说是喜欢她。如果他有意让这种喜欢延伸下去,这种喜欢有可能会变成很喜欢,甚至是爱。

"然而,我们在一起这么长时间,却从没有照过一张这么和谐的照片。"女友说着翻开了影集。果然,他和女友的每一张照片都带着些莫名其妙的生涩、紧张、惶恐和故作姿态,就如他和女友所谓的爱情。

"可是,你总不能为这样一张照片和我分手吧?"

"那有什么不能呢?"女友静静地说,"旁观者清,当局者迷。我无法更细致地分析,你也不要太违心地否定。这张貌似友谊的照片背后,其实充满了难以言喻的爱情潜质。"他无语。

两人终于分手了。当别人问为什么时,他们都保持缄默。是的,说出来谁会相信呢?一年多的朝夕相处和有意栽培竟然抵不过一瞬间拍下的一张随意的照片。后来,他真的和那个女孩结了婚。正如女友所说的那样,他和她彼此确实更为适合。他这才明白女友是个在情感上多么锋利和精明的女人,那张他一直自以为是的友谊合影,

居然是一页被她一眼看清的只有在暗房冲洗时才能目睹的爱情底片。

他也方才明白：有时候关于心灵的某些事情，在某些人的视线里，一丝一毫也不能隐藏。

最后挂电话的那头

那个时候，女孩和男孩正处在恋爱的季节。每次打电话，两个人总要缠缠绵绵许久。

到了最后，总是女孩在一句极为不舍的"再见"中挂断了电话，男孩再慢慢感受空气中剩余的温馨，还有那份难舍难分的淡淡情愁……

不久，两人分了手。女孩很快就有了新男友，那是个帅气、豪爽的男孩，女孩感到很满足，也很得意。

后来，她渐渐感到，他们之间好像缺些什么，这份不安一直让她有种淡淡的失落。是什么呢？女孩不明白，只是每次两人通电话结束时，她总感觉自己的"再见"才说了一半，那边"叭"的一声挂线了。每当那时，她总感到刺耳的声音在空气中凝结成冰，划过自己的耳膜。她仿佛感到，新男友像一只断线的风筝，自己那无力的手总也牵不稳那根无望的线。

终于有一天，女孩和他大吵了一架，男友很不耐烦地转身走了，女孩没有哭，心中似有一种解脱的感觉。

一天，女孩又想起最初的那个男孩，心中涌起一份感动，是为

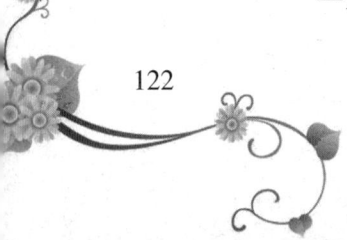

那位听完她"再见"的傻男孩。那种感动让她慢慢拿起了电话。男孩的声音依旧质朴,波澜不惊。女孩竟无语哽噎,慌忙中说了"再见"……

这回女孩没有挂断电话,一股莫名的情绪让她静静聆听电话那端的沉寂。不知过了多久,男孩的声音传了过来:"你为什么不挂电话?"

女孩的嗓音涩涩的:"为什么要我先挂呢?"

"习惯了"。男孩平静地说:"我喜欢你先挂电话,这样我才放心。"

"可是后挂线的人总是有些遗憾和失落的"。女孩的声音有些颤抖。

"所以我宁愿把这份失落留给自己,只要你开心就好。"

女孩终于抑制不住哭了,滚烫的泪水浸湿了脑海中有关爱的记忆。她终于明白，没有耐心听完她最后一句话的人，不是她一生的守望者。原来爱情有时候就这么简单，一个守候，便能说明一切。

八块压缩饼干

大雪笼罩着山谷。狂风一吹，便腾起团团烟雾。在这罕无人迹的雪山上，铺天盖地的雪浪轰击着一切。

两个人在山路上艰难地移动着。他们都是户外运动爱好者，相约进山，途中意外碰到暴风雪，迷了路。

在此之前，他们仅仅只是要好的同事，虽然从接触中感受到了彼此的爱慕，但从未表白过。这次旅行是男人蓄意已久的，小心翼翼地说给女人，果然一拍即合。

雪越下越大，每走一步，都要付出相当大的力气。他们手拉着手，在没膝的雪中艰难前进。衣服已经湿透了，冷风一吹，两个人都冻得嘴唇青紫。

已经三天了，他们仍找不到出去的路。体力严重透支，最糟糕的是，食物也越来越少了。男人把所有的食物都集中到了女人的背包里，由女人规划，控制每天的食量。

路过一片树林时，女人掉进雪洞里，扭伤了脚。男人已经极度疲惫，不可能背上女人前进。斟酌再三，只能由男人独自前行，找到出山的路，寻求救援。

男人为女人架起了帐篷，帮她安顿好一切。

女人告诉男人："还剩下八块压缩饼干，我们一人四块。"随后叮嘱男人出去烧水。当男人烧好水送进帐篷来时，女人说饼干分好了，装在两个人的包里。男人摸了摸，凭感觉，的确是一样多。他拉着女人的手说："等着我，我马上回来。"

直到这时，他们仍然没有向对方表达自己的爱恋。这种情况下，可能一分手就是永别。如果，他们中只有一人能生存，那何必让对方用一生的时间，去忘记一个逝去的爱人呢？

男人替女人拉上睡袋，转身上路了。

男人每走一段路，都要做下记号。他一心想着找到救援，然后回去接女人。最后男人渐渐支撑不住了，终于，他耗尽了最后一丝力气倒下了。失去知觉前，他想，女人的食物还够吗？还能撑住吗？

醒来后，男人发现自己躺在救援队的帐篷里。朋友知道他们一起进山，一连几天没有回来，猜想他们遇到了险情。为了找到他们，救援队已经进山搜救很久了。他们先找到女人的帐篷，然后顺着男人留下的记号，找到奄奄一息的男人。

男人的体温渐渐恢复，醒后第一句话就问："她呢？"大家不语。

男人一呆，挣扎着要去找她。

救援队长低声说："她不在了，可能是出去融雪烧水，没力气回到帐篷，冻死了。"

三年后，男人结婚了，妻子是一个和那个女人一样喜欢户外运动的可爱女孩。自从那个女人走后，这个女孩陪男人走过了最难过的日子，男人逐渐快乐起来。

当年的救援队长参加了他的婚礼。

婚礼结束后，队长来到女人的墓地，女人在照片上，笑容依旧美丽。队长对女人说："你放心吧，他结婚了，很幸福。"

感人肺腑的 80 篇情感故事

女人不是冻死的,救援队发现她的时候,她好好地躺在帐篷里,睡袋盖得很好,那是男人替她盖好的,她舍不得动。

其实女人是饿死的,她的背包里只有几块平平的石板,根本不是什么压缩饼干。他们当时仅有的压缩饼干不是八块,而是四块。女人把仅有的食物都留给了男人,她骗过了他,因为,她真的很爱他。

队长发现女人的时候，她早已经僵硬的手中，紧紧攥着一张小纸条："我肯定撑不到他回来了。别告诉他，他该有自己的生活。"

白糖水的爱

当医生单独把她叫出病房，把他的病情告诉她时，她就如同听到了晴天霹雳，那湛蓝的天空一下子变得灰暗灰暗的，挤走了最后的一丝阳光，仿佛那倾盆大雨即将来临。她不敢相信年纪轻轻的他会患上这种令人恐惧的疾病，但医生却是明白无误地告诉她，他只有一个月的时间了，还是好好地待他吧。

她哭得梨花满面，那病魔正在肆无忌惮地掠夺她的幸福，或许一个月后那丝曾经的温柔和幸福就会化为一缕清风伴随着他走进另一个世界。但医生接下来的话却给了她些许希望。医生说，一种进口的特效药可以延长他的生命，但也只有半年时间，而且这种特效药很贵。就像落水的人抓住了眼前唯一的游泳圈一样，她忽然觉得阴霾的天空里有一道曙光出现，她是一个乐观主义者，为了那多半年的幸福也是值得投入的，而半年后或许他的病情会好转。

她努力装出笑脸走进病房，想让等待消息的他放心。可一见到他那张熟悉的面庞，不争气的眼泪就不由自主地流了下来。他连忙走上前，装着笑脸一把搂住她说："生死由命，这又有什么好哭的。"仿佛患了重病的是她而不是他。她只是在他的怀里剧烈地抽搐着，

说：“医生向我推荐了一种特效药，治好你的病有很大希望。”本以为他会反对，说这样把钱用在他身上纯粹是浪费，但人都是怕死的，他只是轻轻地点了点头，那本来浑浊的眼里也透出一丝光芒。

就这样，他们去配了几瓶特效药。那药真的很贵，一瓶药就是她一个月的工资，而且只能喝几天。但她却盘算过了，家里的那些存款，刚好能买上半年这种药，要是真的能把他的病治好，她就是砸锅卖铁也是心甘情愿的。

药是一种装在小瓶中的液体，无色透明的。他按照医嘱喝了一小口，露出孩子般天真的笑容说：“好甜啊，就像是白糖水。”她却是笑不起来，本来他们的生活就如这白糖水一样甘甜无比，现在却变得如同咸碱水，那么的苦涩又那么难以下咽。她擦了擦眼角的泪水，转身从衣柜里找出那张他们曾经为之兴奋的存折。婚后他一直都把家里的一切收入都交给她打理，说是钱赚多了去买一套更大一点的房子。她抹着眼泪把存折递给他说：“咱们的房子以后再说，得先把你的病给治好。"他调皮地笑了笑：“会的，病能好的，钱也可以再赚嘛。”他的笑亲切自然，可却像一把刀子扎在她的心头，疼痛无比。

以后的日子里，她总是监督着他按时服药。看着他把药喝下去，她的心里有些欣慰，毕竟这是她的希望所在。她也会在药吃光时及时到医院去买药，可每当这时，他总是拉住她，说还是让他去吧，顺便可以去外面散散心。她想想也是，反正存折也交给了他，就让他自己去取钱买药吧。不过，每次他买来药，他总是容不得她细看，就先拧开瓶子喝上一口，说是出去这么久口渴了，就喝口药水解解渴吧。本来，她都会被他的这种冷幽默逗笑，可现在她无论如何也笑不起来，她只是盼着他的病情能有好转，除此之外，再没有可关心的了。

日子就这样一天天地过去，就在刚过了一个月的时候，他的病情突然恶化，来不及抢救便离开了人世。病床前的她悲天恸地号啕大哭，忽然间她意识到了什么，便从他的身边拿起那瓶刚吃了不久的药水直奔医生处。悲伤的她并没有失去理智，她想这医生还说这种药能让他有半年的生命，那样她也可以多感受一些他的音容笑貌，而现在这医生的诺言却使她失去了半年的快乐，她得向医生讨个公道。

当她愤然站在医生面前时，见惯了风浪的医生却显得极为平静，接过她手里的药看了一眼，便极为肯定地说："这个药瓶是旧的，打开已好长时间了。"的确，瓶子外面的标签上有好些污迹，一眼便可以看出是个旧瓶子。

处理完他的后事回到家，她抱着他的枕头大哭起来，为他这么脆弱的生命。可忽然，她却感觉到枕头下面有些异样。掀开一看，是一张存折和一张纸条。存折上的钱还是当初她交给他的数目，根本没有取过，而纸条上的字却更让她极度悲伤。纸条上写着：我知道我的病是治不了的，喝那种进口药也是浪费钱，还不如多留点钱给你，所以每次我出去买药只是在空药瓶里装满了白糖水……

字条中的字透露出他在世时的调皮，一如当年时的样子，可现在他却不在了。想到这里，她拧开瓶盖，喝了一口，果然，里面是白糖水，甜甜的，一直甜到她的心里，恰如他对她的温柔。

向爱伸一伸手

他就住在她的隔壁。

两个人总是擦肩而过，他在的时候她没有回来，她回来了，他又该上班了。即使偶遇，也只是相互点点头。

每天，他看着她行色匆匆地背着大包出去，长发、牛仔裤、球鞋。有时候女孩子会出去很多天，很多天回来后人黑了也瘦了，但精神很好。他注意到，女孩子的手指很美，又细又长，但一直是空空的，没有一枚戒指在上面。

他做的是朝九晚五的工作，永远是规律的，几点吃饭，几点出门，衣服总能保持光洁如新。但他却喜欢上了那么落拓不羁的她，甚至包括她脚上那双脏乎乎的球鞋。在他眼中，女孩子仿佛一朵雏菊，淡淡地开着，就像她用的口红的颜色，淡到近乎于无，却让他无比地喜欢。

他一直想问她的职业，但终归没有开口。他想，那么出色的女子，像开在山野间的花，是不会爱上我的吧？书上说，爱穿牛仔裤的女子有吉普赛人的性格，她们天生喜欢流浪，喜欢遭遇一场又一场爱情。

她也知道隔壁住着一个白领男人，英俊、冷静，是她喜欢的类型，有次偶然看到他吸烟的姿势，性感得令她窒息。但她不确定，他会不会喜欢自己，一个只有大专文化的导游，一个辛苦打拼的女

子？他一定是读到了博士的，不然，不会到那家最好的外企去。

直到有一天，他搬了家，因为公司给了房子，也因为他接受了公司里一个像他一样的白领女孩。两个人很快结了婚，像所有的夫妻一样，平淡地过着日子。

结婚后，有一次他们出去旅游，没想到却遇上了她。她是导游，还穿着牛仔裤，但剪了短发，眼睛没有了以前的神采奕奕，看到他的一瞬，她低下头，红了脸，仿佛于他有什么亏欠。她微笑着给大家讲一个个景点，偶尔和他目光相遇，一定落荒而逃。那个瞬间，他明白了，那个留了短发的女子，一定也是喜欢过他的。

旅行结束的时候,她给大家讲了一个故事,说一个男人和一个女人遇上了,他们互相喜欢却没有说出来,后来分开了,女人只好剪短了头发,等什么时候有了新爱情再把长发蓄起来。她笑着说,人和人真是要缘分啊,相遇了却不知道,有时候爱情就在隔壁,却要去很远的地方寻找。就像我们在一辆车上相遇,这就是缘分,所以,为了这相遇的缘分,我们一起唱首歌吧。

于是大家一起鼓掌,都以为她是为了活跃车里的气氛,只有他知道,那些话是说给他听的。

在曾经的日子里,爱情就在隔壁,伸手可及,但他,还有她,却没有伸一下手。

情人节的玫瑰心事

她开了这家花店快有一年的时间了。花的种类不少,品质也好,只是地段比较偏僻,生意一直都比较清淡。

他是她这里的常客了。他每天都会过来买上一枝红玫瑰。因此他们渐渐熟悉了。他的公司离这里不远,每次经过她的店门,他总会侧过头,对着她微笑。

在她的眼里,他是得体而优雅的男人。他每一次的光顾,都让她兴奋莫名。只是每次在他手捧玫瑰,心满意足地离去之时,她就会徒生无穷怅惘:一个买玫瑰的男子,一定是有了心爱的人了吧。

有一天,当他再次来买红玫瑰的时候,她忍不住说:"先生,您

的女朋友真幸福！"他笑了笑，略微羞涩地说："呵，我还没有女朋友呢，那个我爱的女孩，她并不明白我的心事。"她诧异了："那您怎么还天天买玫瑰呢？"他笑说："也许当我拥有了九百九十九朵玫瑰的时候，她就能够明白了。"她不解地看着他离去的背影，暗自为他的痴心而感动。

他依然故我地买着红玫瑰。她于是开始偷偷地为他计算玫瑰的数量。她一边希望着他能快点拥有九百九十九朵的玫瑰，那样，他所期盼的幸福也许就能快点到来。而同时，她也为玫瑰的数量在逐日递增而忧虑不已，毕竟，他是那样地吸引着她。

转眼，情人节到来了。她的小店被馥郁的玫瑰花的芬芳所包围。今天的生意特别好，情人节的每一朵玫瑰，都包含着一个爱的心事。她一边张罗着买卖，一边等待着他的到来。

夜已经很深了，小店又恢复了往常的平静，而他还没有来。她有点失望，正准备打烊的时候，他却来了，手里还有一大捧的玫瑰，但色泽已经不再鲜艳。她一眼就看出来，那是泡制过的干花。

她有些疑惑地看着他。他却一如往常地微笑着，他说："我还缺七百三十八朵的玫瑰！"

她摇摇头，遗憾地说："对不起，玫瑰花都快卖完了，没有那么多了！"

他明亮的眼睛直视着她，有些酸涩地问："难道情人节还不是表白的时候吗？难道没有拥有九百九十九朵玫瑰，她就真的无法明白我的心事吗？"

她恍然大悟，原来他的每一朵玫瑰都是为她而买。她含泪接过了他手中那一大束沉沉的玫瑰花。在这个浪漫的夜晚，她终于读懂了玫瑰的心事。

爱情的飞蛾

四月，正是山花烂漫、姹紫嫣红的季节，少了三月的乍暖还寒，没有五月的跃跃热浪，是个多情之季。花儿朵朵怒放，鸟儿欢悦鸣唱，风儿柔软温情，水儿欢腾奔放。大地懒懒地舒展着怀抱，柳条儿妩媚地扭着腰肢。水中的鱼儿相互嬉戏，空中的鸟雀环旋而飞。

这时，花丛中有一只非常美丽的蛾儿，那双大大的翅膀在明媚的春阳下闪着莹绿的光彩，自由而欢快地扇动着双翅，一会儿落在这朵鲜艳的杜鹃上，一会儿又飞向那朵淡雅的迎春上，对于他来说，这就是快乐，这就是享受，这就是生活。天与地此刻是属于他的，这里的水，这里的草，这里的花……

天上，高贵至尊的上帝此时无事，正坐在花园里那张宽大而华丽的吊篮上，他也在享受着天使们为他表演的天乐仙舞。看着看着，他一下子看到了那只独自飞舞的蛾儿，上帝想，这样美丽的天宇，这么温情的春季怎么能让这只蛾如此孤独呢？

于是，他叫来了那只独飞的蛾儿，对他说："你独自单飞，太孤独了，我可以帮助你，让你找到你的另一半，让你真正地享受是什么才是爱情，让你知道春季里不仅是放飞的季节，也是播种爱情的时节。"

蛾说："我不知道什么是爱情，可我知道现在虽然没有另一半，但，我觉得现在非常快乐。"

上帝说："因为你不知道什么是爱情，你的心里就没有幸福与甜蜜，只知道孤独地飞，不能领悟爱情的滋味。这样吧，我让你看一看你的另一半是什么样的，你也许就会知道了，就可以去寻找那个她，因为那个她可以给你不悔今生的那份爱情。"

于是，上帝命小天使拿来了一面水晶做成的镜子。他让那只美丽的蛾站在镜子前对他说："你看，你的另一半是多么的美丽，你难道不愿意去找她而孤独地过一生吗？"

阳光下，蛾儿看到了那面闪着七色光彩的水晶镜，镜子里面有一只好美好大的飞蛾，那翩翩的身形，那美丽的双翅，在微风中轻轻地的扇动；双翅上点缀着美丽的花纹，还有那美丽的大眼睛，也在阳光下变换着七彩的颜色，蛾儿不觉地看呆了。上帝是想让他多看一眼，可是，却忽视了那小天使，他太小了，怎能长时间地拿着那面沉沉的水晶镜呢？只怕那蛾儿看得痴了，小天使实在是累了，一不小心"啪"的一声，镜子掉了，砸在花园里那汉白玉砌成的路面上碎了。就在镜子摔碎的那一刻，落地的碎片在阳光的照射下释放着炫目的光芒，蛾儿还沉醉在对镜里另一半的向往中，可是，现在镜里的飞蛾不见了，他伤心极了，他的心跟着那镜子一块碎了。

上帝安慰他说："这只是镜子，你去找吧，你的她就在不远处的那一边等你，你去吧。"上帝不想蛾儿太难过，可还没等他说清楚，此时，蛾儿的心里只记得那一瞬间的闪光就让他"失去"了美丽的她。他下定了决心要去找，一定要找到她——那只消失在闪光的一刹那的她。

于是，他匆匆地告别了上帝，就迫不及待地飞走了。她在哪里呀？没有任何的足迹，没有任何可以追寻的方向，不管了，无论飞多远，无论路多长，他也要找到她。

就这样，他飞向寻找她的旅程。他飞过了丛林，飞过了山冈，飞过了小溪，飞过了田野，胸腔里燃烧着爱的火焰，翅膀飞动着寻爱的力量，他要飞，飞向她。

一天，两天，唉！她在哪儿呀？累了，也不歇息，他一定要找到她，那个心中的她，美丽的她。

天，又黑了，太阳渐渐地隐去了它的光芒，天边似血染的红，夜色慢慢地升起。蛾儿现在飞到了一个小村庄，他实在是太累了，翅膀越来越沉了，失望也越来越重了。

这时，村边有几个小孩子正在嬉闹玩耍，他们找来了路边的干草，堆在一起点着火，在草堆里烤着从家里拿出来的番薯。夜幕初

上时，那红色的火光格外显眼，小孩子们兴高采烈地围着火堆想着那冒着扑鼻香、甜甜的美食。

此时身体极为疲惫不堪的蛾儿，正漫无边际艰难地扇着沉沉的翅膀。突然，他看到了光，那团在闪烁的火焰。找到了，找到了！就是那光，他的那个她就在那光的另一面。

蛾儿此时心里充满了急切的希望，涌动着热切的爱恋，终于找到了，她，就在那儿！

于是，蛾儿想也没想，就对着那正在燃烧的火光里冲了过去，累，没了；身，轻了；心，就在那火的另一面……

"哈哈哈……"火边的孩子们开心地笑了起来："这只蛾真傻，自己扑进火里。"随风飘起的薯香，此时才是最能激荡起孩子们脸上眉间那可以跳跃的笑容。

阳光下的百合

他是八年前在一个朋友家的聚会上见到她的。

她有一种惊艳的美，但是有点冷漠，这使她在朋友的聚会上显得有些孤单。朋友怕忽略她，便上前动员她给大家跳一支舞。她倒也不忸怩，说跳也就跳了。朋友家的客厅算是大的，这让她有足够的空间，舒展自己的身体。她白色的裙摆扬起的舞姿，像是盛开的百合，轻风般地拂过每一个人。

他坐在一个角落里，更是痴痴地转不动眼睛。朋友看出了他的

心思，雪中送炭似的介绍了他们认识。

隔了几天之后，他们的第一次约会，他就发现了她的性格，冷漠而又平淡，可是，他真的是爱她的。以后每次约会，还是很少能够看到她的笑，这让他不安极了，生怕再约她时会遭到拒绝。奇怪的是，每每再度约她出来，她从来不爽约。久了，他也习惯了，晓得她就是这样的性格，和对他的爱是没有什么关系的。

他虽然爱她，有时，却也难免会不能忍受她冰似的冷漠。他不停地送玫瑰给她，从不曾见过她表示喜欢或者是不喜欢。唯独，在他们共度的第一个情人节，他送去的一大束娇鲜的玫瑰，被她以很明确的不喜欢的态度摔在了地上。同时，第一次听到她的哭诉："并不是所有的女孩子都喜欢玫瑰花的呀！我从来都不喜欢玫瑰花。我可以告诉你，我爱你。可是你送我的花从来都没有送到我的心坎上，我要的不多，一束百合就可以，你怎么就看不出来呢？你从来都不懂我呀……"说完，她哭着跑开了。

他站在和她时常约会的这个街口，半天没有回过神来。真的，他还从来不晓得她的心是那样的细腻。看着她的背影消失，突然在心里念起她的名字——冯百合。想起每次和她经过花店门口，她痴痴盯着那些百合的目光，他才顿然醒悟自己简直是愚蠢到家了。

他想让她消消气，所以，隔日才打电话给她。她母亲却告诉他，她随团去日本演出了，两个月之后才回来。他又一次待在电话的这头。

他过了一段有史以来最痛苦的日子，因为当他醒悟以后，心里已经积蓄了满腹的情话想要告诉她。可在这个当口上，她又偏偏去了日本。

那些日子，他整夜难眠，却一次都没有接到她从日本打来的电

话。而他压根也不晓得该怎么和她联络。打电话问她母亲，她母亲总是说，她在那边演出要去的城市很多，行踪不定。他再一想，也许，她已对他心死。有时，他也安慰自己：或许是她演出太忙了。

两个月之后，终于等到她回来的日子。他第一个打电话给她。电话那头，她淡淡地笑着，语意却忧伤得令他恐慌："去日本演出的这段时间以来，我也一直在考虑我们的爱情。婚姻是现实的，我不敢想象和一个根本不懂我的人如何长久相守？可是，我还爱……"

她没有说下去，便在电话那头哭了起来。他冲着电话大喊，难道就是因为一束玫瑰？在电话这头他着急得想跳楼，一再地向她保证，自己再也不会如此，自己再也不会如此粗心了。他对她说，他要赶到她家里去看她。她立刻阻止他，请求他给她一个空间。她那哀怨的声音让他心疼不已，他退一步，对她说，给她时间考虑，两个小时以后他在老地方等她。她终于答应了，然后放下了电话。

挂断电话后，他马上就去花店买了一大束盛开的百合，站在他们过去常见面的街口，满怀一颗期盼的心迎接着她。

他其实根本没有把握，因为，回想过去和她在一起的每一个场景，都因他的粗心而显得淡然无味。可是，他知道自己还是爱她的。

离约定的时间还有一个多小时，他的内心也在大起大落地变化，他居然寻求到了一种忧伤的释然：因为，他看到街头从自己的面前走过的一对对情人，都是那样亲密而温柔的。和这些情人比起来，他突然发现，和她的每一次约会都显得太过疏离了。想起她在电话里的哭泣，又想起自己这两个月以来的辗转难眠，他生出一种委屈：自己的这一切，她难道就晓得吗？他寂寞地伫立在街头，心里闪过一个很灰暗的念头——也许，他和她是有些不大合适。这个念头让他有些怕，那一刻，他急切地想看到她。

在约定的时间过去了以后,他走了,轻轻地把手中那一大束盛开的百合,放在街边那只垃圾箱的顶上,难过地离去。

他和她再也没有通过电话。一个星期以后,因为工作的变动,他离开了这座令他有些伤心的城市。

几年以后,他在另一座城市结婚了,与太太的感情一直都很融洽。他吸取了以往的教训,这使他在太太的心目中成为一个细心而又体贴的男人。只是,他从来不送任何花给太太,而太太也不是那种钟情于这种风花雪月般形式的人。

他每回走过街边的那些花店,看到橱窗里面的百合,还会想起她来。只是,已经淡而又淡了。

有一年的情人节前夕，他带着太太回到这座城市。毕竟，父母还在这座城市，结婚时，还是父母赶过去的，这让他一直很内疚。

情人节那天，太太在家里陪着父母，他去拜访一位几年没见的朋友。在街上，意外地遇见了她。她的身边站着一个男人，看上去很忠厚。而她坐在轮椅上，被那个男人轻轻地推着往前走。他看到她的时候，她正幸福地从那个男人的手上接过一大束盛开的百合。

抬头时，她看见了他。在她的示意下，身后的那个男人轻轻地推着轮椅上的她，向他靠近。那个男人对他礼貌地点了一下头，便很合时宜地走进了旁边的一家店里，显然晓得他对她来说是有些不同的。

看着他一脸惊异的神情，她反而淡淡一笑，告诉他失去这双美丽的腿的事故。这让他知道了八年前的那个夜晚他离开之后所发生的一些事：在他离开的那一瞬间，她赶了过来。在车流汹涌的街对面，她是看着他放下那束百合转身离去的。她隔着街市的喧哗，老远就在喊他的名字，开始向他跑来……他一句话也说不出。而她说这一切的时候，自始至终，脸上都没有任何的表情，仿佛在说着一个和自己毫不相关的人的遭遇。

不一会儿，那个男人从店里出来，还是很礼貌地冲他点点头，便推着她走开了。他回头看她，隔了好远，发现她坐在轮椅上，手里拿的那一束盛开的百合，在冬日的阳光下还是在晃着他的眼睛，直至他流下泪来。都说玫瑰表达爱情，但在那一刻，他却清晰地感到，其实他与她的爱恰恰被埋葬于那些红得像血一样的玫瑰之间。

土土的爱情

他喜欢她,从 16 岁起,他喜欢看她的翘鼻子,她傻乎乎的笑,还有她生气的时候,鼓起嘴,像只小小的纸老虎。

她也喜欢他,不知道从什么时候开始。她眼里,他是个聪明的,勤奋的学生。

他喜欢她,可是他从不曾说。他很羞涩,能看见她的翘鼻子和笑起来的半个酒窝,他就很满足了。十几岁时,他总在想,等我们都大了,我就告诉她。后来就真的大了,他把一些话背了好多遍,可是到了跟前,总说不出口,于是便想,下次吧。

高中毕业时,他们各自考上两所很好的学校,但是在两个遥远的城市。

那个暑假,她弟弟需要补课,可是她很急躁,讲到最后就要打起来,于是他就去替她。他感到幸福,当她站在后面,突然拿出西瓜对他说"吃吧"的时候,他感到非常幸福。她的缺点就是说话的时候总像在赌气,可是他喜欢,他觉得,她真可爱,真的,真可爱。

她确实可爱,也许是因为成熟得晚的缘故吧。别的女孩情窦初开时,她还懵里懵懂。她从没想过他是喜欢她的,她也从没想过自己是不是喜欢他。她18岁的眼睛还像10岁孩子一样清澈。

然后他们就各自上学了。他给她写信,不密也不疏,不长也不短。淡淡的,说学习、伙食、朋友……她认真地回信,不密也不疏,不长也不短,也是淡淡的。他们这样写了快四年的信,可是他什么也没说。

寒假回家,她需要在一个陌生的城市转车。当她狼狈地从车窗里爬出来,她看见他站在眼前。

他穿着他父亲那件有着20年历史的军大衣,脸和鼻子冻得红扑扑的。他朝她笑,傻乎乎的什么也没说就拿过她的包。

她很惊讶又很高兴。她说:"你怎么在这?"

他说:"我也转车,车还没来,到处逛逛,看见一个人挺像你,就过来瞧瞧,果然是你。"

她更高兴了,多么巧啊。于是他们一块回家了。

后来,她才晓得,他早到家了,专门又跑来这个城市,在车站等了她三天。但是,她知道的时候,已经是很久以后了。

第二年的寒假,他胆大些了,他先写信问她什么车次,然后说,我们一块转车回去好吗?

她说，好啊，好啊。

第二年的冬天，车一停，他就站在车窗下了。

第三年的冬天，车一进站，她就看见他了。他好像长高了，清秀的脸被白的雪、绿的军大衣衬得很有些英气。她开始喜欢他了，那一年，她21岁，可是她并不知道自己开始喜欢他了，她不知道她看见他的时候，脸微微红了。

他不爱说话，同学聚会的时候，他认真地听所有关于她的消息。他知道她没有男朋友；她也知道他没有女朋友。

可是，他们却不知道他们在互相等待。

第四个寒假，她乘坐飞机回去的。那个春节，大家聚会，喝酒、唱歌、开玩笑。有个好捣蛋的忽然指着他对她嚷嚷："他都暗恋你六年了，你给个说法吧！"于是大家大笑、起哄。她反应不上来，等

反应过来,窘得拔腿要逃;他更尴尬,结结巴巴地说:"别胡说八道。"

那天晚上,她失眠了,就好像漫长的大雾,忽然太阳就出来了,雾散了,世界清晰可见。

世界清晰可见,她看见他的样子映满了双眼,她忽然发觉,她是喜欢他的。

他也失眠了,他想她是不是特别生气?她还理他吗?

过了两天,他们就各自回学校了,没来得及见一面。

他不知该怎么给她写信,秘密被揭穿了,他反而坦然了,就是不知道怎么给她写信,仿佛一切都变了。他想,要不等她的信来了再说吧。

她也等他的信,她是幸福地憧憬他的信,哪怕是一张白纸。

可是他的信一直没来,她有点失望,但最后一学期了,毕业、出国,忙着忙着她也就忘了。

他等了很久也没等到他的信。他想,要不给她写封信吧。这个时候,他听说她要出国了,他很难过。因为他是不能出国的,他是家中的独子,父母多病,家境困窘,他必须立即开始工作,想读研究生都是不可能的。

他想,他们是不可能的,还是不要打扰她,让她平平静静地走吧,于是,他没再写信。

她为那些手续忙得昏天黑地。等办完了,闲下来的时候,她忽然开始想念他。这想念越来越深,越来越长。

这时她23岁了,真的长大了。她知道她是很喜欢他的。

他在另一个地方刚刚开始,勤奋地工作,他觉得他应该忘掉她,虽然在很多深夜,他非常想念她,虽然这想念越来越深,越来越长。

她忽然不想离开了，她想去问问他，"你还喜欢我吗？"他如果说是的，她就留下来和他一起工作、生活。她想，还有什么比跟心爱的人一起更重要呢？

可是只是想想，她有放弃出国的勇气，可是她实在不知道应该怎么走到他面前去问这个问题。

只有半个月就要走了，她焦躁不安起来。她觉得她真的应该去问问他。后来她买了一张卡片，上面只有两个字——惜缘。她翻箱倒柜找到他家的地址寄了去，她想他该明白。当他收到信看到卡片时，心怦怦乱跳，额头滚烫滚烫的。他赶到她家里时，他父亲说她已经走了两天了，刚到那边。

黑夜里，他往回走的时候，额头凉下来。他想她也许就是说，珍惜友谊吧。于是他的心慢慢，平静了下来，虽然带着深深的失落。

她到了国外，她很生气他没有回信。有一次她冲动地想让父亲去问问他，可是她不好意思那样做。后来又忙起来，她平静下来，带着失落。

慢慢地他们断了联系。在很多个夜里，他看见月亮挂在那儿，他就想起她的翘鼻子，她给他一片西瓜，脆崩崩地说，"吃吧"。很多夜里，她看见月亮挂在那儿，她就想起那个乱哄哄的火车站，他站在雪地里，脸冻红了，搓着手向她笑着。

他想，她还好吗？她想，他还好吗？

这是他们相识的第八年。

爱你，才走在你左边

和所有恋爱的人一样，经历了一番轰轰烈烈的爱情以后，她和他终于走进了婚姻的殿堂。可是自从和他结婚以后，她就觉得自己婚后的生活和想象的相去甚远。婚姻不像爱情，往往是多了琐碎和枯燥，少了激情与浪漫。当她不得不每天都面对这样单调而又乏味的生活时，她感觉自己的心在一点点磨平，生活如同白开水一样索然无味。

婚后他们彼此还算恩爱，但也经常吵架，常常是因为一点鸡毛蒜皮的小事就吵起来了。而且他也不像过去那样处处迁就她、让着她了，她觉得男人真是虚伪，一结婚就变了一个人，根本就不像恋爱的时候那样宽容忍让。如今她对他使小性子，他一般是置之不理或沉默，甚至有的时候还和她争执一番，再也不像从前那样宠着她了。虽然有许多情感她始终无法释怀，可是毕竟她对这种死气沉沉的婚姻的忍耐是有限的。终于有一天，两人大吵了一架后，她忍无可忍地说出了那两个字"离婚"，他立即就说"可以，现在就去"。

那天外面下着雨，他和她各撑一把伞。两个人并排走在路上，都默默不语，都有各自的心事。雨下得很大，路也很滑，但谁都不肯表示放弃。忽然，前面的路边上有个地方停了一辆车，窄得只能通过一个人，于是他就走在了前面。过去以后，她又和他走在并排，他忽然拽住她，生气地说："怎么又走我左边了呢？"与此同时，一

辆大卡车与他擦身呼啸而过，他侧过身挡住了她，车虽然没撞到他，可是溅起的泥水却弄脏了他的衣服。她一下子愣在了那里，就是这么一个简单的动作，让她感受到了他细微而又平实的爱：一直以来，他始终习惯地走在她的左边，用自己的身体为她挡住汹涌的车流，为她挡住风雨和危险。其实这才是真爱：虽然没有绚丽的光环，却拙朴而厚重，不加任何修饰，于不经意间就流露出来。

她不由得泪流满面，分不清她脸上汹涌而下的是雨水还是泪水。他为她拭去泪水，对她说："回家吧。"她用力点点头，紧紧地抓住了他的手，她感觉似乎同时也抓住了一份沉甸甸的爱。

雨中的纸鹤

男孩和女孩初恋的时候，男孩为女孩折了一千只纸鹤，挂在女孩的房间里。男孩对女孩说，这一千只纸鹤，代表一千份心意。那时候，男孩和女孩分分秒秒都在感受着恋爱的甜蜜和幸福。

后来女孩渐渐疏远了男孩。女孩结婚了，去了法国，去了无数次出现在她梦中的巴黎。女孩和男孩分手的时候，对男孩说："我们都必须正视现实，婚姻对女人来说是第二次投胎，我必须抓牢一切机会，你太穷，我难以想象我们结合在一起的日子……"

男孩在女孩去了法国后、卖过报纸、干过临时工、做过小买卖，每一项工作他都努力去做。许多年过去了，在朋友们的帮助和他自己的努力下，他终于有了自己的一家公司。他有钱了，可他心里还

是念念不忘那女孩。无数个夜里，他都对着黑漆漆的天幕黯然神伤。男孩身边不缺女孩，可是谁也无法代替那女孩的位置。

有一天下着雨，男孩从他驾驶的车里看到一对老人在前面慢慢地走。男孩认出那是女孩的父母，于是男孩决定跟着他们。他要让他们看看自己不但拥有了小车，还拥有了别墅和公司，让他们知道他不是穷光蛋，他是年轻的老板。

男孩一路开着慢车跟着他们。雨不停地下着，尽管这对老人打着伞，但还是被斜雨淋湿了。到了目的地，男孩呆了，这是一处公墓，他看到了女孩，墓碑照片中的女孩正对着他甜甜地笑。而小小的墓旁，细细的铁丝上挂着一串串的纸鹤，在细雨中显得如此生动。

女孩的父母告诉男孩，女孩没有去巴黎，女孩患的是癌症，女孩去了天堂。女孩希望男孩能出人头地，能有一个温暖的家，所以女孩才做出了这样的举动。她说她了解男孩，一定会成功的。女孩说如果有一天男孩到墓地看她，请无论如何带上几只纸鹤。

男孩跪下去，跪在女孩的墓前，泪流满面。老人告诉男孩，今天是清明节,所以来看看女儿。清明节的雨不知道停,把男孩淋了个透。男孩想起了许多年前女孩纯真的笑脸,男孩的心就开始一滴滴往下淌血。

这对老人走出墓地的时候,看到男孩站在不远处,车门已经为老人打开,汽车音响里传出了哀怨的歌声:"我的心,不后悔,反反复复都是为了你,千纸鹤,千份情,在风里飞……"

不敢相信爱情的人

他从来都不知道该如何来跟别人形容她。他只是觉得她美丽,很单纯地觉得她美丽得像天使。很多年之后,她的面容已经在他的记忆中变得模糊,所能记起的只剩下她那浅浅的笑容和飘动的眼神。

她总是戴一副银色的耳环,耳环上镶嵌着一块天蓝色的宝石,光彩夺目。

他的心里始终想着她,没有理由也没有原因,他就是想着她,怎么也忘不了她。

他们曾在同一家工厂上班。他们一起骑自行车上班,一起骑自行车下班,每天都在说着没完没了的废话,完全是自然而然的。

她的嘴角始终有着浅浅的笑容,她的眼神始终飘浮游动。他每天都能看到她,每天都在她的笑容与眼神中呼吸。他对自己说,她是一个漂亮的姑娘。

他喜欢她,但他从来没跟她说起过,他不知道该怎么开口,更怕开口会被拒绝，因为身边比他强的人太多了。

他就这么一直强忍着，直到她辞职离开这家工厂，直到两人天各一方。

忽然有一天，他在街头又遇到了她，浅浅的笑容，飘动的眼神，什么都没有改变。他的记忆在瞬间又清晰起来。

她耳环上镶嵌的那块天蓝色的宝石依然光彩夺目，一如从前。

他热情地和她在街头交谈，深情地注视着她的眼睛，注视着那块天蓝色的宝石，他感到这就是自己的幸福。

他们互相留了电话，然后经常联系。有时候是他请她喝啤酒，有时候是她请他喝咖啡。在一次喝咖啡时，她领来了自己的男朋友，她介绍说这是她读研究生时的同学，他开了一间公司，效益挺不错……

他没读过研究生，也没有自己的公司，跟她男朋友在一起，他觉得自己很渺小很差劲，因为自己什么都不如人家。

他的心里很酸，但依然和她保持联系。同时他开始复习功课，也去考研。

在某一个深夜，他们通了电话，她告诉他，她已经正式跟男朋友提出分手了。他问起原因时，她考虑一会儿后说她觉得这男朋友素质太低，眼光太短浅……

之后，他不再接她的电话。他觉得她男朋友这样的条件都能被拒绝，他就更不用说了。于是，他默默地离开了她，也离开了那家工厂。然后他拼命学习，拼命读书，读完了硕士读博士，拿到博士学位后他又开办了一家公司，从零开始慢慢积累，直到这个公司成为当地响当当的大公司。

到这一天，已经八年过去了。

他再给她打电话,却怎么也打不通她的电话换了,住址也变了。他开始满世界地找她,但都没有结果。她的面容再一次在他的记忆中变得模糊,所能记起的又只剩下她那浅浅的笑容和飘动的眼神。

忽然有一天,他在街头上又见到了她,浅浅的笑容,飘动的眼神。什么都没改变,他的记忆在瞬间又清晰起来。

她耳环上镶嵌的那块天蓝色的宝石依然光彩夺目,一如从前。

他热情地和她在街头交谈,深情地注视着她的眼睛,注视着那块天蓝色的宝石,他感到这就是自己的幸福。

他们互相留了电话,然后经常联系。有时候是他请她喝啤酒,有时候是她请他喝咖啡。在一次喝咖啡时,她领来了自己的儿子,她的儿子已经七岁了,上小学二年级……

他这才知道,她已经嫁给了一个仅仅高中毕业的出租车司机。

顿时,他觉得这十年的努力都白费了。他再也忍不住了,眼泪夺眶而出。

她叹了一口气,然后告诉他,爱情是没有附加条件的,十年之前她就喜欢他,就想嫁给他,但现在,一切都太迟了……

她耳环上镶嵌的那块天蓝色的宝石依然光彩夺目,一如从前。

蓝月亮

一个女孩认识了一个男孩,他们相爱了。

男孩的父母双亡,独身一人过着清贫的日子,男孩对女孩很好,无论刮风下雨,他都按时接送她上下班。他一篇接一篇地为她写诗,尽管有些诗显得深奥,女孩并不理解。他会为她炖很好喝的排骨汤,然后静静地坚持看她喝下,汤白白的,放着红枣,他说女孩的脸色苍白,排骨和红枣能补血。

有一天,男孩送给女孩一片核桃大的玉坠,他说那是祖传的,据说很值钱。女孩对玉坠并没有太大的好感,因为那玉石是天然未经修饰的,表面很粗糙,只是玉石中心有一个蓝色的月亮形的光影,越在亮光下,越清晰。男孩说,正是因为这片光影,所以这块玉是独一无二的,它叫蓝月亮。

两年后,女孩突然厌倦了这场平凡的、无波无澜的爱,她拿出蓝月亮对男孩说:"我们分手吧!"男孩拒绝了蓝月亮,说:"我是把它和心一起送出的,心再也收不回了,我要蓝月亮有什么用!"

男孩是流着泪离开的,女孩的心有些酸,但她又感觉,男孩是不应哭的,男儿有泪不轻弹。

女孩渐渐淡忘了男孩,只是在偶尔拉开抽屉,看到蓝月亮时才

会想起从前，她想从前也没有什么值得留恋的，就把蓝月亮送到了一家古玩店，很意外地换到了一千元钱。她用这一千元钱买了一个金戒指，戒指大大的，戴在手上金光灿烂。这比蓝月亮好看多了！她很高兴。

女孩嫁给了一个商人，商人给她买了许多首饰和时装，只是商人总是很忙很忙，常常通宵达旦地忙，回来时带着一身的烟气、酒气、脂粉气。女孩恳求商人，你能不能多陪陪我？每当这时，商人就会甩出一沓钞票，说："去！逛商场去吧！买化妆品、买时装！你们女人不是就喜欢这个吗？"

女孩茫然了，连她也不清楚，他说的究竟是不是自己想要的。

在无数个接踵而来的寂寞的夜里，那已被她遗忘了的往事又悄悄地浮现，女孩又想起了男孩，想起了他炖的排骨汤和他写的诗，也想起了那被她换了戒指的蓝月亮，她常常一夜无眠。她的脸色更苍白了，她曾多次买来排骨和红枣，精心地熬煮，却再也吃不到往日的味道。

又一个孤独的夜，女孩打开了电视，电视上正在转播一场拍卖会，一件件不起眼的东西都卖出了好价钱。当其中一件展品竞拍的时候，女孩几乎不相信自己的眼睛了！有个玉坠，叫作蓝月亮！它显然已经经过了精细的雕琢，通体晶亮，内含的幽蓝的光影熠熠生辉。最后，它以五十万元的高价竞买成功。

女孩疯了似的，在首饰盒里寻找。她找出那枚金戒指，把它狠狠地掷向夜空，然后，她趴在床上，呜呜咽咽地哭了一夜，直到再也流不出眼泪。她明白了，她失去的永远回不来了，她失去的不仅仅是一枚珍贵的蓝月亮啊，同时还有男孩的那一颗纯洁无价的心。

爱，不能等待

那天，他们又吵了起来。才结婚一年，两人大吵小吵不断。他和她都想不通，婚姻怎么会是这个样子？他们以为结婚是恋爱的延续，没想到延续的不是花前月下，而是柴米油盐。

这次吵架的原因很简单，他晚起了几分钟，没有下楼买早餐。

她在化妆间里化完妆，走出来看见他还没起床，就嚷嚷道："还不起来？你想饿死呀！饭不吃了？"

"少吃一顿饿得死吗？"他不高兴了，"你只知道在镜子前浪费时间。有这嚷的工夫，早餐早买回来了！"

"可那不是我的事。"她说,"早就说好的,你负责早餐,我负责晚餐。你可别无理取闹!"

他们就这样吵了起来。他穿上衣服,脸也没洗就出门了。她"砰"的一声关上门,还嚷道:"晚上别回来,不让你吃我做的饭!"他骑摩托车绝尘而去。

当初恋爱时,她要是生气,他会吓得像丢了魂似的,赶紧跑过来哄她,直到把她哄开心为止;可现在,她再怎么不高兴,谁会理她,谁会拿她当回事?她扑到窗前,没好气地把窗台上的花盆乱扔在地上,"哗啦啦"的,花盆碎得厉害。她委屈地哭了。

晚上下了班,一个人待在黑暗的屋子里,想着早晨的争吵,她觉得真是无聊。他不过是晚起了五分钟,至于冲着他吼吗?

天越来越黑了,外面下起了大雪,这么冷的天,他去哪里了?天冷,让他进门多喝点汤吧。她一边想,一边煲了一锅鸡汤。

而他,郁闷了一天,正在外边徘徊。他想打电话回家,又怕她说:"没做你的饭,你回来做什么?"晚上有朋友过生日,他借酒消愁,结果喝多了。

她一直在等他回来。汤热了又热,但还是没有听到他的摩托车声。她想打电话给他,又怕他得意。

喝到半夜,他发动了摩托车。10分钟后,一辆载重大货车迎头把他撞翻在地。顷刻间,他血肉模糊。趁着最后的清醒,他按下手机的第一个键,那是她的号码。

她仍然坐在沙发上等,眼皮狂跳不已。突然,手机响了,她跳起来接听,却一直没有声音。她回拨过去,接听的是一个陌生男人。

"请问你是?"她问。

"我是警察。这个男人出了车祸。你是谁?"陌生男人说。

她的脸一下子变得惨白。早晨走的时候他还好好的，再次见到时，他已盖着白单子，已经阴阳相隔。她明明不是不想让他回来吃晚饭，她还为他煲了美味的鸡汤！

她一次次扑过去，又一次次被人拉开，她哭了又哭。

此刻想把最甜蜜的话说上一万句给他听，可他再也听不到了。她这才知道，自己是多么爱他。失去了他，她好像死了一样，整个人是那样的虚弱，不堪一击。

整理物品时，她看到一条短信，那是他在喝酒的时候写的，但没有发出去。上面写道："亲爱的，等着我，一会儿就回家。"但是，他再也没有回来。

几年后，她又结了婚。这回，她极少和丈夫争吵，而且再也没有说过那样的话——"你不要回来"。

她想，既然能在一起相爱，那就好好的。爱一个人，不要羞于把爱说出来，即使是老夫老妻，即使是觉得说了有些矫情。有些爱，不趁早说出来，可能一辈子都没有机会了。

走错的爱情棋子不能悔

她最爱下五子棋。

以前，她总缠着他一起下棋。在阳台上的阳光底下坐着，一张围棋盘，两把黑白子，五子连珠，上下纵横左斜右贯，一不留神就被他赢了去。

每每这时，她就牵着他的衣袖撒娇，"我没看到嘛，我要悔棋嘛……"

每每这时，他就一脸的无辜，但看到她的嘴巴好笑地翘起来时，他只好伸出手指去刮刮她的鼻子，让她悔了棋去，然后接着下。

这样下五子棋的结果，当然总是她赢得多。赢了，她就满脸阳光。

后来，因为女孩的任性和固执，两人最终分了手。再之后，他便去了遥远的南方城市，而她依然留在江南小镇。

在天气很好的一个午后，她站在阳光底下，忽然想下棋，却找不到下棋的人。

好在有网络，于是她跑进书房，打开电脑直奔联众游戏世界。

一样的方格棋盘，一样的白子黑子，然而手上握着的，却只有鼠标。

第一回合，她输了。

第二回合，还是输了。

第三回合，下到第五分钟，她只能对着电脑屏幕发呆：眼看着又要输了。左思右想，回天乏术！而对方却不停地催促：快，快！

于是急急地去点击屏幕右上角那个"悔棋"。对方回复：不同意！

她不甘心，便一而再，再而三地去点"悔棋"，然而对方也咬定牙齿，就是不同意！

翻箱倒柜地从抽屉深处翻出一个盒子，从里面找出他的手机号码。忍了好久，这一刻却不管不顾地要找到他，不管他在多么远的地方！

电话听筒里，却一遍遍重复着一个声音：您拨打的电话是空号，

您拨打的电话是空号……

她终于明白,这场爱情就像一盘不能悔过的棋,她只能选择认输。站在阳台上,她的眼泪一颗一颗滑落下来,落到棋盘上溅开,像阳光下的朵朵七色花。

最恰当的时候

三年前,他给她一个承诺:在恰当的时候,他会带她到他的家乡去看海。

那时,他们正处于热恋之中,她就说:"好啊!"但是三年后,一切物是人非,他移情别恋,爱上了另外一个女子,而她正和一个少年若即若离。

她一直想看海。她说:"什么时候,去看一下海吧。"少年说"好啊,选一个恰当的时候。"

她突然恼了,追问"什么才是恰当的时候?现在不是吗?"少年待在那里,不明白她为什么会发火。她突然发现,这么多年了,自己还记着他,还在乎他当初说的"最恰当的时候"。

她离开了少年,不管他如何的伤心欲绝。与其说是她不肯原谅少年,倒不如说是无法原谅他。她一个人坐了三天的火车,终于看到了海。海并不是她想象的那样蓝,而是灰色的有着淡淡的腥味。

她很失望。

回来后,她整天郁郁寡欢,老是想,是不是这世界上的事真的有"最恰当的时候",譬如看海,现在并不是最佳季节。

她开始相信,也许当年他说得对。她一个人过着,春去秋来。

直到有人告诉她,他病了,而且病得不轻。传达这个消息的人是他的朋友,他在说这番话时,似乎十分犹豫。

她第一个念头就是想马上看到他。她知道这并不是恰当的时候,他的爱人也许在,或许他们还有孩子。

但是,她还是去了。一路上她的心"扑通扑通"地直跳,就像第一次和他约会那样。

病房在十楼,一个没有阳光的房子。他躺在病床上,身边没有一个人。一袋白色的输液袋挂在床头,她似乎听到那液体滴答、滴答地流进他的身体。

他似乎已处于昏迷状态,但他仍然呻吟着。

然后有人进来了。那是一个漂亮的女人,带着一个胖胖的女儿。这个漂亮的女人盯着她,不知道眼前这个女人为什么会走到她丈夫的病房里。

她走了，很伤心地离开。

第二天，他的朋友告诉她："他走了，在最后时刻，他说他知道你来看过他，他说他以前曾经有些对不住你。"

现在，她终于知道了，她去看他的时候就是最恰当的时候。想着想着，她的泪就流出来了。

双面英雄

男人在床上整整躺了十年。

他是为救一名车轮下的少女而失去双腿的。那时他和女人结婚才三年。

他性情暴躁，常常乱发脾气。先是一些前来采访的报社记者被他大吼大叫着轰走了，接着亲戚朋友被他得罪了，后来那名被救的少女也不敢来了。唯有他的女人骂不跑，赶不走，死心塌地地守着他。

这个星期天，是他们结婚十三周年的纪念日，男人提出要到小镇东头的火车站去看看。十年前，男人就是在那儿被火车碾去双腿的。

"那个地方，我永远也忘不了！"男人指着不远处的铁道对他的女人说。

女人紧紧抓着他的手，没吭声。

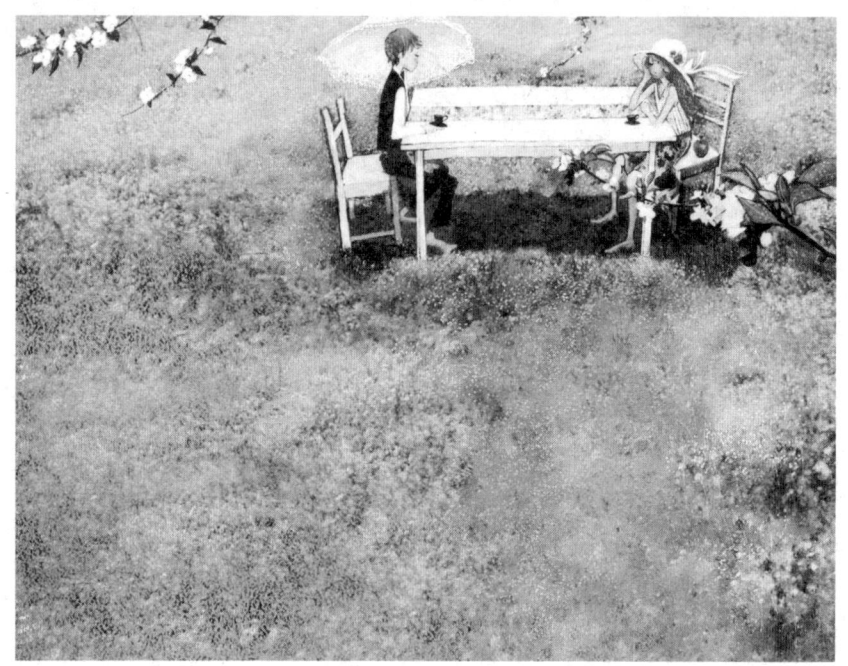

"那天是你生日，对不对？"男人问女人。

"是的，刚好也是星期天。"女人回答。

"你要我陪你去公园好好玩一天。"

"你们单位加班，没空！"

男人的脸色一下子变得惨白。沉默了好一阵问女人："你信？""我信！"女人点头。

"你知道我加班为什么加到火车站来了？"男人回头望着女人，脸因过分激动而涨得通红，"告诉你，那天我是和一个女人有约会。"

"我骗了你。被我救的女孩其实就是我的相好。过铁路时，她滑倒了，刚巧一列火车朝这边飞驶而来，她的脚伤得厉害，挪不开步。她吓呆了，站着一动不动，我就冲过去，把她一掌推出了铁轨……"

"你怎么不作声？这下你清楚了吧，我是个怎样的英雄，我有多光荣多伟大，值不值得你用青春殉葬！"男人含着泪激愤地喊。

女人用手指轻轻拂着男人的头发，平静地说："那天，我也站在这儿。你走得太匆忙，忘了带公文包。你救人的一刹那，我已把一切都想好了。"

心爱永恒

一直不知道他是怎么爱上她的。

他最喜欢像个孩子般趴在她怀里，脸颊紧贴着她的胸脯，侧耳聆听她心跳的声音。

"侧耳聆听她心跳的声音。"这是她大一时写的诗；她从小就觉得自己的心跳特别快，有时候运动稍微激烈些，心脏就好像要从嘴里跳出来似的；即使渐渐长大，仍然是只要爬上两层楼，就仿佛听到自己心跳的声音，扑腾扑腾。

"扑腾扑腾"，她抚着剧烈跳动的胸口询问父亲，爸爸低头叹气，妈妈又流了一脸的泪。

当终于知道自己有先天性心脏病时，她也流了一脸的泪。但后来就坚强了，不再怕病床、怕高悬的点滴瓶、怕护士的白口罩，有时候还能平静地看着仪器上自己心跳的起伏，不知道什么时候会变成那条死寂的横线。

上帝大约没有把她收回去的意思，在她30岁那年，终于等到了愿意把心捐给她的人。手术前一天的晚上她哭了一整夜，哭湿了白被单和枕头，她哭自己终于重新拾回了生命，也哭那个失去生命却

救了她的人。

她只知道那是个和自己同年龄的女子，结过婚，猝死于一场车祸。她无从表达对那人的感激，于是剪存了报道她换心手术的新闻，上面并列着她们两人的照片。

然后他就出现了。起初他在病房踟蹰，她还以为是记者，后来却成了常来聊天的访客。在百无聊赖的病中，她常为了期待他而忙着在病床上梳妆，初恋的喜悦强烈地冲击着她，毕竟由于自己生来脆弱的心，她连接吻也不曾有过。

这一次她终于可以放心地去吻了——别人的心在自己胸腔里规律的跳动着。她的心跳不再强烈，却十分安稳，她真的"放心"了，将半跪的他紧拥在胸前，她答应了他的求婚。

但她仍然不知道为什么会有人爱她，自己不过是个残缺的人，依旧孱弱的身子，胸前永远的疤痕……可他竟然毫不弃嫌的、热烈地爱着她；每当她追问原因时，他总是笑而不答，也许历经沧桑的人感情较内敛吧，她知道他曾有过一次婚姻，但很快就失去了。

她不知道的是他藏在衣柜底层的一个小盒子，那是她在偶然间发现的，当她好奇地打开时，看见了他昔日的结婚照。含笑的新娘看来好面熟，好像……她凛然一惊，匆忙找出收存的换心剪报，不待对比，就知道她们是同一个人，就是那个把心捐给她的女子！

此刻那颗心正在她胸中"扑腾扑腾"剧烈地跳着！

流泪的肖像画

画师初出道时，一文不名。他整天画呀，画呀，画得成堆的宣纸堆在墙角发霉，因此日子过得很艰难。

妻子对他说："何不去市中心办个画展？"

画师的心动了动。

画师一无所有，却欣慰有一位美丽贤惠的妻子。

画师说："一个无名的画师，办画展会成功吗？"

妻子说："没试试怎么会知道呢？"

两天后，妻子让画师画了一幅她的肖像。妻子说："不要画眼睛。"画师不解其意。没眼睛的肖像画算什么呢？

画展在妻子的帮助下布置妥当了。那幅身高体胖跟妻子一模一样的肖像画就放置在展览厅的一角。参展这天，来了很多很多人，

画师还在狐疑，没有眼睛的肖像画会不会令所有的来宾笑掉大牙呢？

寻找妻子，妻子却已不见了。

画展办得并不是很成功。其实那无非是一幅幅平庸之作，缺少灵气，但来宾们还是在大厅一角那幅少妇肖像画前驻足了。

"好！"画像前传过一阵阵的喝彩声。

一幅没眼睛的画有啥好呀？看来这帮家伙不懂艺术！画师愤愤不平地想，无精打采地挤上前去。

这时画师不禁呆了。

这哪里是一幅没有眼睛的肖像画呀？整个画面线条优美、色彩逼真，特别是那一双清澈、明亮、凝重、隽永的水汪汪的眼睛，简直就跟真人一样！

画展终于成功了，画师获得了极大的荣誉。只是暗暗揣摩没眼睛的肖像画咋会有了任何绝妙丹青高手也画不出的那种眼睛呢？

但画师已没闲心去细究这些细枝末节了，国内还有好多画坛盛会等候他去参加哩。

一年后，画师已成了画家。成了画家的画师拿出了一纸离婚协议书。

妻子握着笔的手很平静。

妻子说："从搞画展的那一天起，我便知道这一天迟早会来临的。"

两人分居了，约好一个月后去办离婚手续。

没想到画师初生牛犊，大肆诽谤一位画坛泰斗而陷入一场危机。画坛各种谣言一齐向他泼来：心胸狭窄、眼光势利、目中无人……更让人气愤的竟有人说，什么画家呀，他连三流画师都不如哩！

画师的画开始无人问津。画师又重陷于窘困之中，日日烦闷，开始与烈酒为伴。

有一天，妻子来了。

妻子平静地说："有什么呢？大不了重新再来。"

妻子又说："再去参加一个画展，还是画我的肖像，依然不要画眼睛。"

画展这天，因为画师的名声，参观者寥寥无几。但是这一天，却给寥寥无几的参观者留下震撼人心的印象。

他们驻足在肖像画前，如痴如狂。那是一幅美艳绝伦的少妇画像，少妇的面容美丽、善良，挂一丝淡淡的忧伤……突然间，那清澈明丽的眼睛里竟有一滴滴泪珠滴落，一滴滴，一滴滴，顺着画布缓缓流淌……

"看哪，画中人流泪了！"所有参观者无不震撼。

所有参观者都离去了，画师仍呆站着。空荡荡的展览厅仅剩下他一人。忽地，他冲上前去，掀开了画布。

画布后，呆站着的是他的妻子

不系扣的爱

那时他们刚刚结婚，日子并不宽裕，一台彩电是家中最值钱的东西。他在工厂上班；她没有工作，天天在家洗衣做饭。

二月里春寒料峭，她为下班回家的他端上一杯热茶，突然发现他白衬衫领口的扣子居然没有系上，脖子生生露在外面的冷风中，

再一瞧，袖口也是大开着的。不冷吗？她想，也许是他干活身上发热了吧。

第二天早上，他准备出门，领口袖口还是大敞着，她按捺不住，走上前要给他系好，他竟然阻拦住她说："扣上好难受！"她温柔地劝到："外面风大，还是系上吧！"他于是乖乖听话，像个孩子似的，任由她摆布。

她目送他走出家门，忽然，她看见他的手伸向领口，然后是袖口。她明白了，他是在解开扣子！她自然生气：都要当爸爸了，还任性得像个毛头孩子！

晚上他回来时，扣子系得整整齐齐的。她假装生气地问："到家门口才系扣子，不冷吗？"他倒很老实，惊讶地问："你都看见了？"她大笑，又批评他说："你连自己的身体都不顾惜，怎么来顾惜这个家？"他急了，涨红了脸分辩说；"还不都是为了你！"

原来他们小小的家里没有洗衣机，所以不管有多冷，换下的脏衣服都要由她亲手清洗。看着她被冻得通红的小手，他心疼，宁可为了让白衬衫脏得不那么快，让她少洗几次衣服，他就在刺骨的寒风里，敞着自己的领口袖口。

他说完这些话的时候，他们的手已经紧紧握在了一起，让彼此更温暖。她想："能把他的衣服、我的衣服放在一个盆子里清洗，是我一生的幸福。"

其实，这份不系扣子的爱，是她的幸福，也是他的幸福。

执子之手

5岁时，她在贫民区的巷子里被几个孩子拦住，他们抢走了她的快餐盒和水晶发卡。惊恐中大哭时，一个男孩跑过来，赶走了那些人，然后牵着她的手，陪她回家。她忘了问他的名字，只记得他的手心很温暖。

6岁时，她转到新的学校上学。她的小礼服裙与其他同学朴素的衣着相比，显得格格不入，她低头不语。班长走过来，牵起她的手。这时，她看见了那双浅蓝色瞳仁，她记得他手心的温度。

12岁时，她考入一所私立中学，才发现自己已经不习惯没有他牵手的日子。放学后，她跑过好几个街区，到他的学校找他，正巧碰上他和一个漂亮的女孩子说话，为此她伤心了很久。

14岁时，有一次，她躲在角落里看他打篮球，结果被他发现。他又好气又好笑地拖着她，坐到了最前排的座位上。

16岁那年，他犹豫着说，他家很穷，怕配不上她。她不让他说下去，踮起脚尖主动吻了他。那个晚上，他跑到树林里，摘了一大捧娇艳的野玫瑰送给她。隔着她家后院的铁栏杆，她把他伤痕累累的手贴到了自己的脸颊上。

19岁时，她考进了外地的一所大学。一个寒冷的清晨，她站在空荡荡的站台上，向浓雾弥漫的铁轨尽头眺望。因为，他已经攒够了旅费，要从遥远的家乡来看她。火车还没停稳，他就跳上了月台。

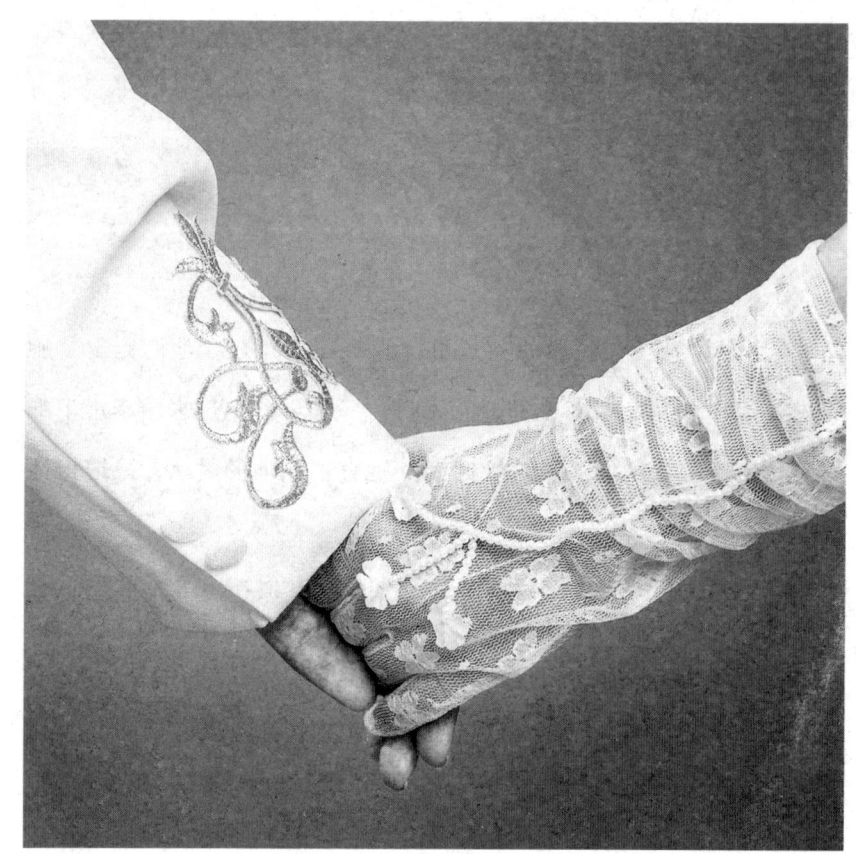

看到她的脸冻得通红,他一下子把她揽进自己的大衣里。

她满 24 岁时,她父亲找到他,以她一生的安定幸福为由,建议他离开。临行前,他在她的窗下站了整整一夜。第二天早晨,她推开窗,看到院墙每一根栏杆上都别着一朵憔悴的玫瑰,还有一地凋零的花瓣。

25 岁时,她结了婚,随先生移居国外。

此后她一生安定富足。75 岁那年,她丈夫去世了,儿子已经事业有成,执意接她回国同住。不料,3 个月后的一个清晨,她醒来后发现,再也看不见家乡美丽的阳光。儿子急匆匆请来当地最好的医生。那个白发苍苍的老专家在走进房间的一瞬间,突然愣住了。

老专家颤抖着走向她，仿佛回到了从前。轻轻地，他握住轮椅扶手上她瘦骨嶙峋的手。这时，她脸上的皱纹突然凝住，然后又舒展开来。她摸索着，把那只同样苍老的手贴到了自己的脸颊上，喃喃低语："就是这个温度。"

她的眼睛虽然治不好了，但他还是满心欢喜地娶了她。结婚那天，她挽着他缓缓走在红地毯上，闻到整个礼堂里都是红玫瑰圣洁甜美的芬芳。她泪光闪闪，感觉自己就像70年前那个被他牵着的小姑娘。

蚊子与浪漫的较量

他终于有机会与她独处了。他是机关里的一个办公室主任，年近四十，有妻有子，儒雅稳重。她是广告公司的总监，年轻貌美，做事果敢。

他们是在一次商品展销会上认识的。当时他是组织者之一，而她则负责展销会的广告宣传。工作上的接触给两人留下很深、很美好的印象。他从来安分守己，但此时以往对婚外情不屑一顾的心有些躁动了；而她好像也有意，展销会结束后，不着痕迹地制造与他保持联系的机会。两人在若有若无的情愫中熬过了两个多月。

这天，她说是自己生日，请他吃晚饭。两人喝了小半瓶干红，都说醉了，其实彼此都是心知肚明。他到酒店开了房说要让她休息，然后两人就进了房间，锁上了门。

现在总该有些什么发生吧。房间里窗帘低垂，灯光昏暗。暧昧在两人间流淌。上了床，他想着要尽量完美些，就先轻声地倾诉着相思爱恋，和她耳鬓厮磨。

当时正是盛夏。屋内的空调已经开到 18 摄氏度了。他眼里却燃着火焰，心滚烫滚烫的，燥热不安。这时一只蚊子好像也传染了他的不安，"嗡嗡嗡"地在他耳边不停地唱歌，老是打断他的情话。他原想着，随这只蚊子去吧，他身边是偷偷想了两个多月的人，他总不能停下来去和蚊子战斗吧。

可是，这只蚊子好像已经饿了许多天了，"嗡嗡"地就是纠缠着不放。有几次他似乎能觉着蚊子在他的臂膀上落了下来，寻找可以下口叮咬的地方了。这时他的臂膀不自觉地痒了起来，他忍不住挥手去赶，可没一分钟，蚊子又跑回来向他挑衅了。

她好像也发现了这只蚊子，厌恶地皱了皱眉头，侧了侧头。

在这么浪漫的时候出现这只不识时务的蚊子多扫兴啊。那蚊子唱得他心烦意乱，便翻身坐了起来，他决定先解决了它再来继续他们之间的浪漫。

将灯拧亮后，他四处搜索蚊子。她长发散乱，斜倚在床上，伸手点了根烟，边吸边看着他咯咯咯地笑。他尴尬地没话找话说："这酒店真是的，怎么会有蚊子呢？"她吐了个烟圈说："哪儿没蚊子呢？它们比人还猖狂，你赶紧打了它吧！"

他没搭话，心里却是沉沉的。是啊，哪里没有蚊子呢？连他家，干净整洁的家都免不了会进一两只蚊子。昨夜12点多，他已经睡醒一觉了，迷糊中看见妻子正握着蚊拍打蚊子。看到他醒了，妻子轻声说："对不起，我打蚊子吵着你了吧？快些睡，还有一只呢。"他就没再理会，翻身继续睡觉。迷迷糊糊中，他听到妻子打完了那只蚊子，又轻手轻脚地走到儿子的房间去看有没有蚊子。

妻子包揽了家里所有的家务，每天上床睡觉的时间已经很晚了，夜里她还要守护他和儿子的睡眠，与小小的蚊子战斗。可是每天清早起床最早的，却是妻子。他醒来时，妻子已经买好菜，做好早餐，伺候儿子穿好衣洗好脸了。

想到这些，他的眼角不由得湿润了。他的妻子啊，那个今早红着眼睛悄声问他"你睡得还好吗"的女人。现在正在做什么呢？是在辅导儿子的功课，还是为他熨烫明早要穿的衬衫？她会一直等自己回家吗？一定会的！每天，她都要安顿好他和儿子才能够安眠啊。可是，现在，自己在做什么呢？床上的那个女人并不是妻子。妻子知道了，会怎么样想呢？还会为自己煮饭、打蚊子吗？踏出了这一步。他连妻子为他打蚊子的举动都对不住啊。

175

酒店里的那只蚊子很是狡猾，不知躲到哪儿去了。他连它的边都没打到。他现在知道为什么妻子夜里打蚊子要那么久时间了。

床上的她吸完了那根烟，歪着头看着他笨拙地追打蚊子，问："你从来没打过蚊子？"他停了下来，心变得清亮清亮的，回身坐在她的身边，定定地望着她，说："是的，我从来没打过。在家里，打蚊子这样的事都是我妻子做的，从来用不着我动手。"

她不说话了，也定定地望着他，刚才他眼里燃烧的那团火已经不见了，他的眼深邃得她看不懂，那一刻她忽然领悟了，原来这些所有的浪漫却敌不过一只蚊子。

爱的最高境界

他爱上她的时候，她才19岁，正在远离现实世界的象牙塔里做着纯真的梦。

而他已经工作了好几年，差不多忘记了怎样浪漫，因此，他尽可能小心地呵护着她和她的精神世界。

有一天，他借来梅丽尔斯特里普演的《索菲的选择》和她一起看。

片子看完了，她并没有真正明白这部片子深刻的意义，可是有一个镜头从此嵌入了她的脑海，令她永生难忘：当人们弄开房门，冲进屋子时，发现那两个相爱的人已相拥着告别了这个世界。

她流泪了，她问他这是不是爱的最高境界。他笑了笑，没有回

答,这让她觉得,他一定知道还有一种更高的境界。

他等了她很多年,然后她成了他的妻子。渐渐地,不知有意无意,他们养成了相拥而眠的习惯。无论睡梦中变化了怎样的姿势,无论他们为了什么事互不理睬,第二天清晨醒来,她总是在他怀里,她觉得很幸福。再后来,他们之间发生了一些事,开始互相怀疑他们之间的感情,他不再对她说"我爱你",当然她也不再对他说"我也是。"

一天晚上,他们谈到了分手的事,背对背睡下了。

半夜,天上打雷了。第一声雷响时,他惊醒了,下意识地猛地用双手去捂她的耳朵,才发现不知何时他又拥着她;第二声雷紧接着炸开了,她或许是被雷声或许是被他的手弄醒了,睁开眼,耳里还有闷闷的雷声,他的手正从她耳朵上拿开。

她的眼顿时湿润了。他们重新闭上眼,假装什么也没发生,可谁都没有睡着。

她想,也许他还爱我,生怕我受一点点的惊吓。

他想,也许她还爱我,不然她是不会流泪的。

爱的最高境界其实就是经得起平淡的流年。

这就是爱情

一天,一个男孩对一个女孩说:"如果我只有一碗粥,我会把一半给我的母亲,另一半给你。"小女孩于是喜欢上了小男孩。那一年

他 12 岁，她 10 岁。

过了 10 年，他们村子被洪水淹没了，他不停地救人，有老人，有孩子，有认识的，有不认识的，唯独没有亲自去救她。当她被别人救出后，有人问他："你既然那么喜欢她，为什么不去救她？"他轻轻地说："正是因为我爱她，我才先去救别人。她死了，我也不会独活。"于是他们在那一年结了婚。那一年他 22 岁，她 20 岁。

后来，全国闹饥荒，他们同样穷得揭不开锅，最后只剩下一点点面了，做了一碗汤面。他舍不得吃，让她吃；她舍不得吃，让他吃！三天后，那碗汤面发霉了。当时，他 42 岁，她 40 岁！

因为祖父曾是地主，他受到了批斗。在那段年月里，"组织上"让她"划清界限、分清是非"，她说："我不知道谁是人民内部的敌人，但是我知道，他是好人，他爱我，我也爱他，这就足够了！"于是，她陪着他挨批斗、挂牌游行，夫妻二人在苦难的岁月里接受了相同的命运！那一年，他 52 岁，她 50 岁！

许多年过去了，他和她为了锻炼身体一起学习气功。这时他们调到了城里，每天早上乘公共汽车去市中心的公园，当一个青年人给他们让座时，他们都不愿坐下而让对方站着。于是两人站在一起手里抓着扶手，脸上都带着满足的微笑，车上的人竟不由自主地全都站了起来。那一年，他 72 岁，她 70 岁。

她说："10 年后如果我们都已死了，我一定变成他，他一定变成我，然后他再来喝我送他的半碗粥！"

70 岁的风尘岁月，这就是爱情。

让我送你上楼

他们的爱情始于校园，他是师兄，她是师妹，像很多的校园恋一样，他们花前月下、轰轰烈烈地爱了三年。

第四年，彼此踏上社会有了工作，他们继续着恋爱。他依然像从前一样把她当妹妹呵着护着，她却觉得平淡、乏味。其中最千篇一律的一个细节是：每次约会结束，他都要送她回家，送到她家楼前，她说："你回吧。"他就执着地回一句："让我送你上楼。"最后，总是要看到她安全地进门、脱掉高跟鞋、开好房间的灯，他才会心安理得地吹着口哨一个人下楼去。

这时候，她的身边有了众多追求者，她愈发觉得他没有激情。于是，他们平静地分了手。很快地，她交了新的男朋友。新的男朋友样子长得帅，还懂得送她花请她喝咖啡的浪漫情调，这跟以前的他全然不同。女孩子处在热恋当中，觉得全世界都为她的幸福在发抖。这样爱了三个月，突然有一天，她笑不出声来了，她觉得自己和新男朋友之间缺了些什么，失望和不安日渐明显起来。缺了什么呢？她迷惑着。不久之后，她发现，每次约会，男朋友送她回家时，脚跟还没在她家楼前站稳，"你自己上楼"的话已脱口而出。每当那时，她就感觉空中有水在凝冰，然后她的胸口整个地冷掉了。之后，她还隐隐地感到，新男朋友像根红丝带，终有一天要飘到别人的窗口。

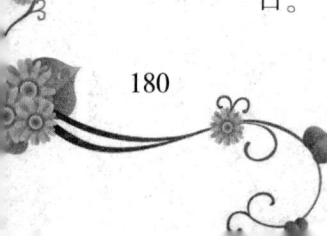

那一天来得没有任何征兆。她和新男朋友看了一场电影，散场的时候，她发现发卡掉了，央求新男朋友一起找找，其实她就是想找找曾经被呵护的疼爱，结果新男朋友说了"旧的不去，新的不来"。这句话伤了她的心，女孩子为此哭了很久。后来，他们分手了，男孩又有了新的女友。

她在辗转难眠的夜里，又忆起了他的好：想起他无数次站在她家楼前，跟她说"让我送你上楼"，心间顿觉暖意融融。情不自禁地，她主动约了他。

约会结束后，他像从前一样送她回家。在她家楼前，他习惯性地又说："让我送你上楼。"这一回，她没有拒绝。上楼的时候，她的手握住了他的手。迟疑间，他问："你怎么了？"她没有说原因，只是把他的手握得更紧了。

快到家门口了，女孩子转身问："为什么你总要送我上楼？"

"没什么理由啊！"他平静地说，"以前是喜欢看你的背影，后

来是喜欢听你进门后的脱鞋和开灯声,知道你是平安的,我才会觉得踏实。"

"可是,之后你要一个人下楼一个人回家,不觉得孤单吗?"她充满歉疚和不安地问他。

"我不怕,只要你觉得快乐就好!"

此时,女孩子无语哽噎,任自己的泪水在他的肩头肆意横流。翻检爱的点点滴滴,她终于明白了,不肯送她上楼的人,绝不是她人生的最好归宿。其实,爱情就这么简单,很多时候一句话,便是一辈子。

不哭,因为更懂你

一个男孩同时爱着两个女孩,他也明白,两个女孩也在心底爱着自己。然而在选择去与留时他却始终不知道该如何抉择,他不知道他更爱谁多一点。

他先向一个女孩隐约地暗示,也许他们会分别。

女孩听了,顿时泪如雨下,扑在他的怀里抽搐的身体随着哭泣声不停地颤抖:"你说过你爱我,我不能没有你。"

面对一个在自己怀里泣不成声的女孩,男孩犹豫了,于是安慰她:"傻丫头,我不会离开你的。"

当他向第二个女孩提起他和第一个女孩之间的事时,女孩低着头,没有说话。

"爱情的事别人左右不了的。"女孩留下一句话随即转身离去。从见面到女孩转身离开，男孩没有见到她伤心哭泣，甚至连一滴泪也没有。

其实那一刻，如果她要他留下，他会答应的。

"也许她并不爱我。"男孩伤心地想。一个连挽留都不会的人能爱他有多深？其实，他只是没有发现女孩在转身离开时无声落下的泪。

后来，男孩选择了第一个女孩。

两年后，第二个女孩嫁给了别人。两个人过得非常幸福，因为这个男人更懂她。

提起两年前的分手，丈夫问她为什么当初不像那个女孩那样哭着请他留下。

"两个人的泪水能让他做出什么样的决定呢？明知道那只会让他更为难，我又如何忍心这么去做？"

她的丈夫终于明白，其实自己爱她的何尝不是她的这颗善良的心。

爱情在很多时候，放手的那个人并非爱得不深，往往真是因为爱得太真，才不忍让心爱的人受伤害。

真心爱一个人，不是希望他能守候在自己的身边，而是希望所爱的人能够幸福。爱一个人不一定要真正拥有，正因为无私的爱才值得永远珍藏。